KB040359

포화속
사람들

포화속 사람들

지은이 조민교

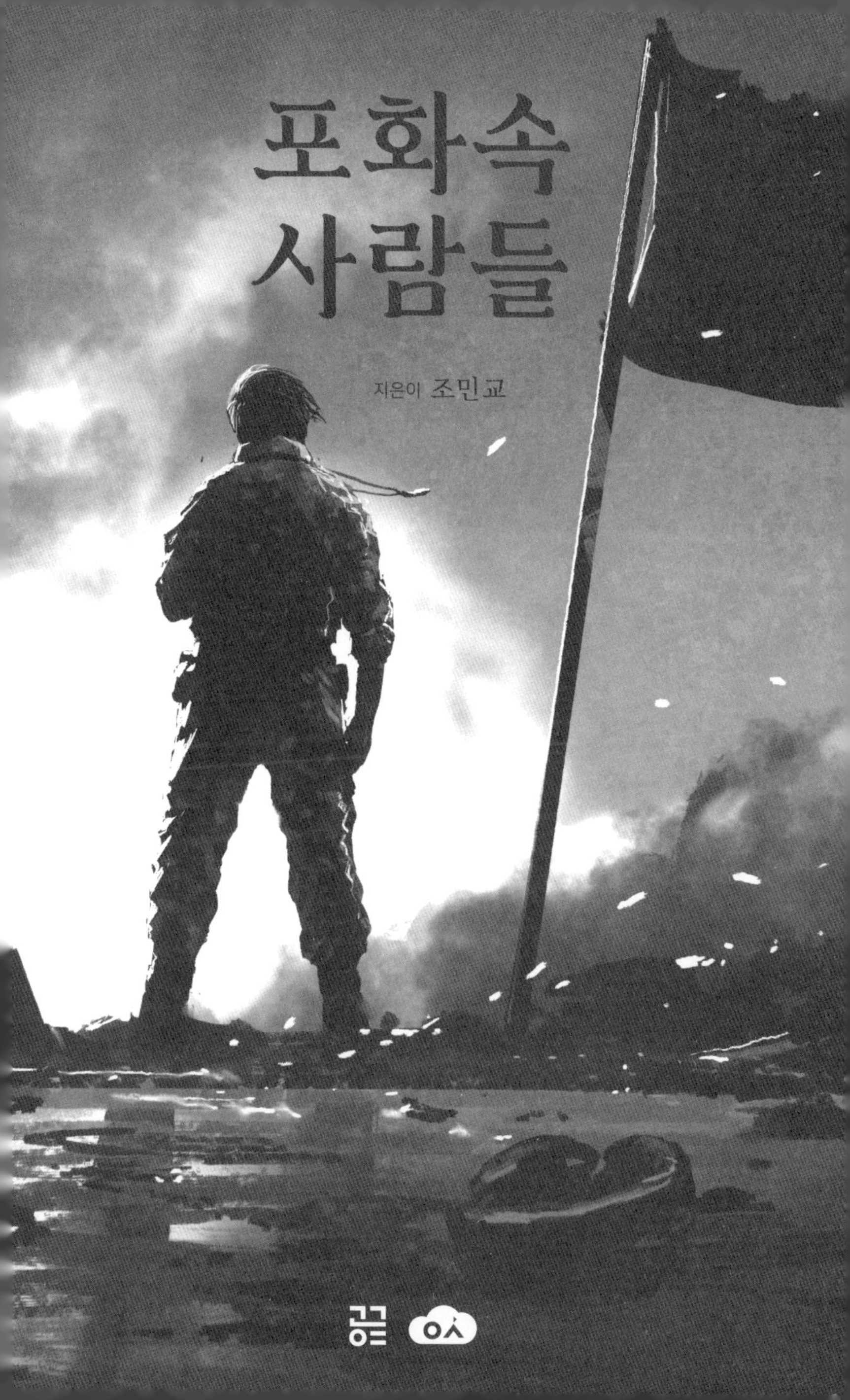

경고

이 책을 읽을 때는 맨 뒤에 있는 용어 정리 부분을 보고 책을 읽거나, 책에서 모르는 군사 용어가 있으면, 용어 정리 부분을 보면서 책을 읽는 것을 추천합니다. 이 책은 2차 세계대전의 추축국을 옹호하기 위해 만든 책이 아니며, 순수하게 전쟁의 비참함, 그리고 제 2차 세계대전을 간접 경험하기 위해 나온 책입니다. 물론 작가가 전쟁을 직접 경험하지 않았고, 실제 역사와 작품의 허구적인 요소가 섞여있기 때문에 오류가 발생할 수 있습니다.

또 이 책에서 나온 발언들은 이 책의 내용과 그 분위기를 극대화하여 더욱더 잘 묘사하기 위한 것입니다.

혹시 이 책에서 나오는 발언에 대해서 불편하더라도 양해해 주시기 바랍니다. 또한, 작가도 추축국의 잘못과 전쟁 범죄에 대한 사실을 알고 있으며, 추축국을 옹호하려는 생각은 없습니다. 그리고 이 책의 내용에서 역사적 사실에 대해 최대한 오류가 나지 않게 하려고 노력하려고 많은 도서를 참고하였습니다.

 **프롤로그**

'쾅'

옆에는 포탄이 떨어지고 총알이 날아다녔다. 나는 내 소총을 쥐고 천천히 돌진하는 영국군을 향해 조준했다. '탕' 내가 그 영국군 병사가 쓰러지는 것을 보고 탄클립을 빼려고 했던 그때, 적이 경기관총을 쏘아대며 우리에게 제압사격을 가하기 시작했다. 그 때문에 참호에 흙이 파였고, 그 흙덩이들은 전부 우리에게 날아왔다. 제압사격이 끝난 직후, 잠시 전장이 고요해졌다. 그러나 저 안개 너머로, 강렬한 불빛이 보이기 시작했다. 적의 포격이 시작된 것이었다. 사방에서 수많은 포탄이 불빛을 내며 날아오기 시작했고, 몇 명의 병사들이 우왕좌왕 대기 시작했다. 포탄들은 전부 참호 근처에 박혔으며, 그 파편들은 우리의 시야를 방해하고 몇몇 병사들을 죽이기에 충분했다. 포격이 이뤄지고 있는 가운데, 건너편 참호에서 호른 소리가 들려오면서, 수많은 영국군이 우리 쪽 참호로 돌격했다. 우리는 그때, 포격으로 죽은 아군들을 뒤로하고, 기관총과 소총을 발사하며 참호를 방어하기 시작했다.

'쉭!' 내 귀 근처로 총알이 날아와 거대한 공포감을 불러일으키며 지나쳤다. 그때 혼란스러워하며 정신을 차리지 못하는 나를 보고 아군들중 한 명이 나에게 소리쳤다.

"2시간만 버텨! 지원 병력이 도착할 거야!!"

그리고 나는 그제서야 정신을 차렸다. 참호의 나무 바닥에 떨어진 내 소총을 주우려던 그때, 내 바로 옆에 있던 아군이 적 저격병의 총에 맞아 쓰러졌다. 그의 철모는 튕겨져 나가 내 머리에 맞았고, 그는 그대로 쓰러져 나무 바닥을 피로 물들게 했다.

"냉각수! 냉각수가 필요해!!"

기관총을 쏘던 병사가 소리쳤다. 내가 숙이고 있던 고개를 일으켜 냉각수를 주려고 하자, 또다시 내 앞에 총알이 날아왔고, 나는 놀라서 뒤로 자빠졌다. 이제 적은 우리 코앞까지 접근하여 우리 앞에서 함성을 지르고 호른을 불고 있었다. 몇분 지나지 않아 적이 참호까지 도달했다. 옆에서는 기관총과 소총을 쏘고, 총검과 야전삽으로 서로를 공격하는 현장이 벌어지고 있었다. 그때, 나는 우리 참호로 천천히 다가오는 사다리꼴 모양의 거대한 쇳덩어리를 봤다.

차례

제2차 세계대전 중에서
약 7,000만 명이 사망했으며,
그중 약 5,398만 명이
유럽에서 사망했다.

입대

    우선 내 소개를 먼저 해야겠다. 내 이름은 하인츠 요한 슈테판. 1929년 11월 4일, 나는 군에서 제대하고 뮌헨에 살고 있었다. 그때 내 나이는 30살이었다. 밖에서는 경제 공황 때문에 나라가 풍비박산이 났고 돈을 가지고 놀이를 하는 아이들이나 수레에 돈다발을 싣고 가는 사람들을 자주 볼 수 있었다. 나는 이 모든 세상을 원망하며 친구도 없이 하루하루를 보내다가 맥주를 마시러 술집에 갔다. 그런데 술집에서 두 사람이 싸우는 것을 봤다. 싸움이 꽤 격렬하게 벌어졌다. 근처 사람에게 누구냐고 물었다. 한 명은 공산주의자고 한 명은 나치 돌격대라고 했다. 이념의 차이로 싸우는 것 같았다. 그렇게 지켜보다가 술잔이 깨지면서 유리 파편이 날아와 내 머리를 스쳐 피가 났다. 1932년, 거리에 포스터가 나뒹굴고 있었다. 그 포스터에는 하이켄크로이츠와 나치 선전문, "히틀러 당수 만세"와 같은 문구가 새겨져 있었다. 그 포스터를 계기로 나는 이 NSDAP (National Sozialist Deutsche Arbeit Partie)라는 당에 관심을 갖게 되었다. 처음 이 당의 이름을 봤을 때 이름에서 풍기는 이미지 때문에 사회주의와 관계된 당인 줄 알았는데, 알고 보니 파시스트 이념을 품고있는 당이었다.

　1933년 라디오에서 힌덴부르크 대통령이 히틀러에게 총리직을 주었다는 내용이 흘러나왔다. 다음 해, 히틀러가 총통직에 오른다는 소식이 전해졌다. 그 후 나는 히틀러가 우리 조국을 위대하게 만들 것이라는 희망을 품고 당이 아닌 군대에 다시 자원입대 했다. 그리고, 나는 나의 선택이 올바른 길이었음을 알게 되었다.

훈련소

나는 105보충연대에 기갑병과에 지원했다. 나는 자동차 공학과 관련된 학과를 나오지 않았기 때문에 제40보병보충대대에 들어가야만 했다. 훈련병으로서 입대하고 첫 훈련을 했다. Kar98 마우저 소총으로 50m 내에 있는 표적을 맞히는 것이었는데, 평소에 시력이 좋았던 나는 다섯 발 중 네 발을 명중시켜 병장에게 사격 솜씨가 좋다고 칭찬을 받았다. 두 시간 동안 흙바닥에서 사격훈련을 한 뒤, 기관총 훈련을 받았다. 소총수인 내가 왜 기관총 훈련을 받아야 하는지는 모르겠지만, 나는 기관총 훈련을 받아야만 했다. MG34 경기관총을 사수와 부사수, 2인 1조로 묶어서 기관총을 발사했다. 방아쇠를 2초만 눌러도 눈앞에서 섬광과 '드르륵'하는 소음, 그리고 7.92mm 탄피 30개가 옆에 퍼졌다.

훈련을 계속하던 어느 날, 중대장이 찾아와 21 기갑연대로 보낼 전차병 몇 명을 선발한다고 했다. 사실 나는 그렇게 기대하진 않았으나, 내가 선발될 자격을 갖추었다고 평가한 군은, 선발한 20명 중 나도 포함시켰다.

1939년 2월 2일, 나는 21기갑연대로 배치되어 보병 훈련이 아닌, 전차병 훈련을 시작했다. 내가 탑승한 전차는 체코제 38(t)였다.

1938년, 나는 82호 전차의 탄약수의 계급은 일병에서 현재는 119호 전차의 전차장의 계급은 소위가 되었다. 앞으로 전쟁에서 다른 전차병들의 목숨은 전차장인 내 지휘에 달려 있었다.

그러나 지금은 전쟁 중이 아닌 훈련이다. 나는 해치 밖으로 몸을 내밀고 쌍안경으로 주변을 살피며 나무로 세워진 목표물을 찾아 파괴해야 했다.

"포 일발 장전!"

전차병들은 내 지휘하에 해치를 닫고 목표를 향해 조준경을 정렬했다. 나는 포를 발사했다. '쾅' 목표물이 산산조각 났다. 목표물이 파괴되는 모습을 조준경으로 보고 우리는 우리 전차가 최강의 전차인 줄 알았다. 그러나 그것이 잘못된 사실이었다는 것을 깨달은 것은 그리 오랜 시간이 걸리지 않았다. 그렇지만, 애국심에 젖은 무전수 위르겐의 히틀러 찬양과 실전 경험이 없는 내가 이 전차를 보고 있으면, 이 전차가 지구상에서 제일 강력하고, 제일 견고한, 무적의 전차라는 생각이 들었다.

전투, 또 전투

1939년 9월 1일, 기차를 타고 수송용 철도에 있는 우리 전차와 함께 우리 부대는 폴란드 접경 지역으로 출발했다. 9월 9일에 중대장의 명령을 무전기로 받고 동료들과 함께 폴란드 국경을 넘어 폴란드 침공을 개시했다. 우리는 처음 국경을 넘어 보병과 전차병 동료들, 카를과 오토, 그리고 다니엘과 함께 바르샤바로 진격하고 있었다. 접경지역 근처부터는 아군과 같이 계속해서 진격했다. 해치를 열고 밖을 둘러봤을 때, 하늘에는 공군기가 전투를 벌이고 있었다. 접경 지역에서 조금 떨어진, 작은 마을에서는 다른 고위 간부가 작전 설명을 하고 있었다. 교회에 폴란드군이 모여 있었기 때문에 공군이 폭격을 하고, 기갑부대를 선두로 보병과 함께 폴란드군을 섬멸시키는 것이었다. 그렇기 때문에 공군 장교와 통신하여 공격을 개시할 때까지 시간의 여유가 있었다. 우리는 군용 빵을 먹으며 기다리고 있었다. 그때 공군과 통신을 했는지 하늘에서 융커스 급강하 폭격기(일명 슈투카, 지옥의 사이렌)들이 나타나기 시작했다. 약 45분 뒤, 우리는 전차의 시동을 걸고 출발했다. 교회의 광장으로 이어지는 길 6여섯 개 중 두 개는 건물 잔해로 인해 통과할 수 없는 상태고, 나머지를 기갑사단이 들어가야 했다. 우리는 쌍안경으로 목표물을 찾기 시작했다. 교회까지의 거리가 얼마 남지 않은 시점, 30미터 전방에 폴란드군 보병 다섯 명이 대전차 화기를 끌고 오고 있었다. 그들은 곧바로 대전차 화기를 설치했다. 나는 해치를 닫고 발포 명령을 내렸다. 발포를 하려던 순간, 우리 전차가 지나가던 길에 150파운드 폭탄이 떨어졌다. '쾅' 폭탄이 터지면서 나는 소리로 인해 순간 귀가 아팠다. 다행히도 전차에 이상은 없었지만, 그러는 사이에 대전차 화기가 우리 전차의 궤도를 맞춰 궤도가 흘러내렸다. 대응 사격으로 포신을 돌려 37mm 포를 한 발 발사했으나 대전차 화기 바로 옆을 맞추고 한 명도 사살시키지 못했다. 그 순간, 대전차 화기가 발포해 우리 전차의 변속기를 맞췄다.

"변속기가 파괴되었습니다! 기동할 수 없습니다!"

우리 전차는 순식간에 기동 불능 상태가 됐다. 당장 전차를 수리하거나 모두가 탈출해야 했다. 결국 나는 전차병 전원을 탈출시키라고 명령했고, 해치를 열고 나갔다. 그러나 해치를 열고 나가면서 폴란드군 기관총 사수에 의해 탄약수가 부상당했다. 격파당한 우리 전차에는 계속 폴란드군의 총알이 날아오고 있었다. 보병들도 전차 없이는 계속 진격할 수 없겠지만, 그렇다고 이곳에 계속 머무르고 있으면서 다 죽을 수는 없었기에 나는 그곳을 떠났다. 우리는 그를 부축하고 앞으로 걸어 나갔다. 다른 독일군이 우리를 엄호해 주었다. 우리는 서둘러 아군 본부 (HQ)로 가야 했다. 그곳으로 가는 길도 쉽지 않았다. 우리가 HQ로 가는 도중 제 19보병사단 2소대의 소대장이 길을 잃었는지 내게 와서 목표지점으로 가는 길을 물어봤다.

"119호 전차장이 맞습니까?"

"예 그렇습니다!"

"목표 지점으로 가는 길이 어디입니까…"

'탕-' 순간, 2소대 소대장은 먼지를 일으키며 힘없이 쓰러졌다.

"저격수다! 피해!"

"다 이쪽으로 와!"

우리는 탄약수를 부축하며 걷다가 중간에 실수로 아군 폭격 장소에 진입했다. 나는 그것을 하늘에 우리 공군 비행기가 등장하고 나서야 알았다. 그대로 탄약수를 부축하며 피하기 시작했다. 사방에서 폭탄이 떨어져 건물이 통째로 무너지고 먼지가 자욱해졌다. 빨리 부축해서 탄약수를 의무병에게 데려가야 그를 살릴 수 있었다. 폭탄은 계속해서 사방에 떨어지고 있었다. 가는 도중 마주치는 폴란드 군인들은 전부 내 MP38을 통해 사살했다. 오랜 시간이 지나고 폭격이 끝났다. 우리는 1시간쯤 더 걸어가다 HQ(본부)에 도착했다. 다행히 탄약수는 치료를 받을 수 있었고 나는 중대장님에게 물었다.

"중대장님, 보병 소단은 어떻게 됐습니까?"

중대장은 '아직 전투가 끝나지 않았기 때문에 정찰병을 투입할 수 없다.'라고 답했다. 전투가 끝나고 다시 교회 쪽으로 갔다. 보병들이 움직이고 있었고, 내가 전투를 치른 곳에는 건물 파편 더미와 함께 조금 전에 본 보병들의 시체가 있었다. 나중에 알게 된 바에 따르면, 보병들중 기관총 부사수와 소총수 한 명만 살아남았다고 한다. 나는 그들에게 경의를 표했다.

폴란드에서 전차가 격파당한 뒤, 상부에서 3호 전차를 지급받았다. 하지만 3호 전차로 제대로 된 전투를 치르지 못하고 폴란드가 항복하자, 나는 동료들과 함

께 다시 독일에 있는 연대 본부로 돌아왔다. 나는 바르
샤바 근교에 있는 기차역에서 수송용 철도 위에 올라
간 우리 전차와 함께 연대 본부로 향했다.

본부에서

    기차를 타고 얼마나 달렸을까, 깨어나 보니 본부의 기차역이었다. 해가 약간 지기 시작하는 것을 보니, 기차는 한참을 달렸나 보다. 저녁이 되면 인양이 어려워지기 때문에 서둘러 인양을 해야 했다. 나는 기차에서 내리자마자 수송용 철도에서 3호 전차를 인양했다. 전차를 인양한 사람에게 물었다.

    "저희 전차는 어디에 있습니까?"

    "저기, 여섯 번째 칸에 있습니다."

    나는 여섯 번째 칸에 가보았다. 우리의 전차가 인양되고 있었다. 나와 운전병 슈비트헬름, 탄약수 위르겐과 포수 슈마이저 그리고 무전수 위르겐와 함께 기차에 다 탄 다음에 인양을 시작했다. 나는 인양 받은 전차를 우리 차고에 넣고 이상이 없는지 점검했다. 전차는 이상이 없었다. 오히려 38(t)전차보다 더 강했다. 하지만 이후 전투에서는 이 전차조차 연약하기 그지없는 것이라는 사실을 깨달았다.

내가 3생활관에서 누워 잠을 자고 있었을 때였다. 밖에서 소리가 났다. 목소리만 듣고서는 누군지 알 수 없었다. 나는 그 소리가 들리는 문 쪽으로 귀를 기울였다. 매우 조용한 목소리로 두 명이서 대화를 하고 있는 것 같았다.

"야, 너 그 얘기 들었어? 곧 우리 국방군이 프랑스를 공격한다는 정보를 당원인 친구에게 말해줬어"

"그게 사실이야?"

"야, 당원은 거짓말하지 않아"

다음 날 아침, 기상나팔이 울리고 우리는 아침을 배

식 받았다. 아침 식사가 끝나고, 나는 생활관에서 신문을 보다가 이런 글귀를 발견했다.

'위대한 총통 각하께서 우리의 영원한 적인 프랑스를 침공한다는 계획이 있다는 말씀하셨습니다. 총통 만세!'

목적

오랜만에 연대에서 기동훈련을 실시했다. 우리 전차가 지나가는 곳에 보병이 대전차 화기를 점검하고 있었다. 나는 지시를 내렸다.

"운전병, 회피기동 실시하라!"

우리 전차는 좌우로 회피 기동을 하며 목표물로 접근했다. 그때 무전기로 들려온 옆 전차의 무전이 들려왔다.

"우측에 적 전차 주의! 반복한다 우측에 적 전차 주의!"

이 무전을 듣고 나는 전방 목표를 격파하기 위해, 목표물이 50미터 전방까지 왔을 때 명령을 내렸다.

"발사!"

'쾅!'

목표물이 산산조각 났다. 나는 조준경을 돌려 오른쪽을 살펴봤다. 아직 격파당하지 않은 목표물 한 개가 있었다. 다른 아군들은 좌측에 몰려있는 목표를 찾아 격파하느라 오른쪽에 신경 쓸 겨를이 없었다. 나는 재빨리 목표를 조준해서 격파하려고 했으나, 아직 차탄이 준비되지 않았다. 차탄이 장전될 때까지 회피기동을 하며 목표물 100미터까지 접근했다. 3초 뒤, 장전수가 말했다.

"장전 끝!"

차탄이 준비되었다. 나는 계속해서 회피기동을 하며 목표물 76미터까지 접근했을 때,

"발사!"

드디어 우측 목표물이 모두 격파됐다.

"우측 상황종료. 좌측지원을 가겠다"

나는 무전기로 보고했다. 그러나,

"좌측 상황 종료 전, 지원은 불필요하다."

좌측도 이제 목표물이 조금밖에 남지 않은 상황이어서 지원이 불필요했던 것이었다. 나는 보고를 마치고 정비소로 돌아갔다. 길을 따라 생활관을 지나는데, 보병이 모여 있었다. 그때 중대장이 소리쳤다.

"3우까지, 우향우! 앞으로 가!"

정비소로 돌아온 나는 진흙이 잔뜩 묻어있는 궤도를 보고 훈련이 굉장히 거칠었다는 사실을 그때야 깨달았다. 몇시간 점검을 해보니 전차에는 아무 이상이 없었고, 그냥 전차에 덕지덕지 묻은 진흙이나 털어내면 될 것 같았다. 하지만 그것도 쉬운 일은 아니었다. 진흙이 너무 많이 묻어 있었기 때문이었다.

나는 청소를 마치고 밤에 생활관으로 돌아왔다. 돌아오니 장교들에게 주는 서류가 있었다. 그 서류에는 한 달 뒤에 라인란트로 이동한다는 내용이 있었다. 라인란트는 최근에 아군 보병들이 주둔한 프랑스 접경 지역이다. '정말 프랑스를 공격하러 가는 것일까?' 나는 잠시 생각했지만, 그때는 별로 중요하게 여기지 않았다. 그리고 그냥 잠을 잤다. 그때 나는 깨닫지 못했던 것이다. 이후에 얼마나 거대한 일이 벌어질지!

이동

"어이, 하인츠! 잘 지냈나?"

내 오랜 친구이자 옛 훈련소 동기였던, 다니엘이 말했다. 허약한 체질이었던 그는 제 52기갑보병사단에 배치된 뒤, 훈련을 받던 도중 수류탄을 잘못 던지는 사고로 반신불수가 될 뻔했던 사람이다. 그 사고로 인해 지금은 군에서 제대하고 공장에서 일을 하며 살림을 보살피는 중이었다. 나는 군에서 대대장이 추진하는 대회에 참가해 포상 휴가를 얻어 그를 보러 온 것이다. 나는 2주간에 휴가에서 그와 많은 대화를 나눴다.

"요즘 군 생활은 어때?"

"훈련이 너무 힘들지"

"네 편지 보니까 너 휴가 끝나고 또 다른 데 배치된다며?"

"어, 우린 2주 뒤에 라인란트로 가"

"라인란트로 가는 거면, 앞으로 네 군 생활이 더 힘들어질 것 같네, 힘내."

이 대화 이후 우리는 서로의 일상에 대해 더 대화를 나눈 뒤 헤어졌다. 나는 남은 휴가를 보내고 나서 다시 부대로 복귀했다.

부대에선 그동안 계속 기동훈련을 했다고 한다. 훈련에 내가 참여할 수 없어서 아쉬웠지만, 이미 지나간 일이다. 나는 부대에서 남은 기동훈련을 두 번 더 하고 며칠 뒤, 우리 부대는 기차역으로 향했다. 시내에서 전차를 몰고 약 40분 뒤 기차역에 도착했다. 기차역에서 또다시 복잡하고 지루하기 짝이 없는 과정을 거쳐야 했다. 우리는 우선 전차의 궤도를 수송용 궤도로 갈고, 전차를 몰아서 정확히 전차 칸에 놓고, 전차가 빠져나가지 못하게 줄로 묶고, 방수포를 씌웠다. 이렇게 1시간 반을 소비하고 나는 승객 칸에서 잠깐 쉬었다. 라인란트까지 이동하기까지 거의 하루가 걸렸다. 이쯤 되니 그냥 부대에서 편하게 쉬는 게 그리워졌다. 우리는 새벽이 다 되어서 라인란트에 도착했다. 그곳에서 두 시간 동안 다시 전차를 칸에서 빼는 작업을 진행하고 접경 지역까지 이동했다. 이 과정을 모두 마치고 나니, 벌써 해가 떠 있었다. 아직 5월인데 7월처럼 상당히 더웠다. 나는 고위 간부를 통해 우리가 정말 프랑스로 쳐들어간다는 것을 알게 되었다. 우리는 아르덴 숲을 거쳐 스당으로 쳐들어갈 것이라고 했다. 우리는 국경을 넘기 전 첫 번째 목적지인 주공 본부에 도착했다. 다음 날, 우리는 국경을 넘을 것이다.

앞으로

    기상 나팔이 울렸다. 아침에 우리는 평소와는 다르게 유통기한이 얼마 남지 않은 전투식량을 배식받아 먹었다. 작전이 개시되는 날, 음식이 이래서야 어디 싸울 수나 있을 지, 나는 불만이 조금 생겼다. 나는 전차 상태를 점검했다. 변속기 커버가 조금 뻑뻑하다는 것만 제외한다면, 매우 양호했다. 우리는 전차에 시동을 걸었다. 그리고 탄약을 넣은 다음 출발했다. 내 3호 전차는 앞의 1호 2호 전차들과 함께 움직였다. 아르덴 숲의 빽빽한 침엽수들이 보일 무렵, 나는 동료들과 돌파를 시작했다. 우리는 침엽수림을 보면서 장갑차, 보병, 오토바이와 함께 이 숲을 돌파하고 있었다. '지금쯤 되면 프랑스의 주공은 벨기에의 우리 조공과 싸우고 있겠지.' 우리는 30km를 전진하고 휴식 장소에서 주유를 하면서 쉬었다. 근처의 보병이 구호를 외치고 있었다.

"3일째, 마스(뫼즈)강에 도착하고, 4일째, 마스강을 도하한다!!"

상부에서 만든 새로운 구호였다. 운전병이 드럼통을 가져와 주유를 하고 있었다. 그리고 트럭이 계속 기름이 가득 든 드럼통을 들고 오고 있었다. 주유를 마친 후, 우리는 계속 전진했다. 침엽수림 사이로 푸른 하늘이 보이며 앞으로 전차들, 장갑차들, 오토바이들이 계속 가고 있는 풍경이 반복됐다.

다음날, 상부에서 우리 모두에게 약통을 쥐어줬다. 필로폰이었다. 이 약을 먹으면 잠을 자지 않아도 작전을 수행할 수 있다고 설명해 줬다. 우리는 오후에 이 약물을 먹고 다시 전진했다. 정말이지 밤이 돼도 잠이 오지 않았다. 계속 숲속으로 전진만하다 보니, 숲은 가로막혀 있는데 길은 하나밖에 없는 상황이 펼쳐졌다.

푸른 하늘 사이로 적 정찰기가 나타나기라도 한다면, 우리는 모두 적 공군에 의해 고립되는 상황이었다. 중대장이 무전기를 통해 말했다.

"적 정찰기의 행방을 계속 살피고, 발견되는 즉시 보고하라!"

우리는 계속해서 하늘을 살폈다. 하늘은 이렇게 푸른데 서유럽은 곧 불타는 신세가 되었으니, 참으로 안타까웠다.

드디어 스당

우리는 전차로 3일간 이동한 뒤, 이틀하고도 19시간 후에 마스강을 도하했다. 보병과 오토바이는 배를 타고 건넜기 때문에 장갑차, 전차만 다리로 전진했다. 곧 쓰러질 듯한 나무다리를 건너며 불안한 마음이 계속 들었지만, 다행히 사고는 일어나지 않았다. 이 강을 도하하며 한 명의 사상자도 나오지 않았다. 우리에게는 기적이 일어났다. 우리는 마스강을 도하하고, 프랑스의 스당 쪽으로 진격하기 시작했다. 이제 프랑스는 우리 손아귀에 있다. 우리는 스당을 거쳐 가고 있었다. 프랑스도 방어선이 있고 통신망이 있었지만, 방어선은 약했고 통신망은 느렸다. 우리가 첫 번째로 프랑스의 방어선을 만났을 때, H35 2대, 대공포, 그리고 병사들이 있었다. 우리는 기동 훈련 때 받았던 훈련 그대로 움직였다. 회피기동을 하면서, 전방의 프랑스 전차 1대를 격파했다. 전방에서 계속 기관총 소리가 났다. '드르르르륵-' 조준경을 봤을 때, 나는 우리 전차 앞에서 기관총을 맞고 쓰러지는 보병 한 명을 보았다. 하지만 의무대는 다른 이들을 치료하고 있었기 때문에 출동할 수 없었다. 기관총은 계속 발사되고 있었고 의무대는 아직도 갈 수 없었다. 돌파된 방어선에 대전차 화기가 없어서 망정이지 아니면 더 큰일이 일어났을 수도 있었다. 우리 전차대대의 대부분은 1호, 2호, 38(t)전차였다. 3호 전차는 나를 포함하여 7명만 운용했고 4호 전차는 3명만 운용했다. 장비는 노후됐고 환경은 열악했다. 아르덴 숲을 지나온 뒤, 5번째로 드럼통의 기름을 보급받았다. 주유 구멍으로 기름을 넣고 쉬면서 길을 봤을 때, 삼륜 오토바이가 지나가고 보병이 행진하고 있었다. 하늘에는 슈투카가 지나가고 있었다. 10

분 뒤, 우리는 다시 출발했다. 우리는 계속 스당을 향해 가고 있었다. 이렇게 일렬로 이동하고 있다간 우리의 측면을 노려 기습을 받을 가능성이 있었다. 하지만 다행히도 우리에겐 그런 일이 일어나지 않았다. 30분 뒤, 우리는 시가지에 돌입했다. 500미터 전방에 S35 1대가 자리 잡고 있었다. 이대로 전방에서 맞붙으면 우리 전차는 격파될 것이다. 우리는 시가지의 빈틈을 노려 다른 쪽으로 공격할 계획을 세우고 성당에 엄폐하며 초탄을 발사했다. 전방에서 샤르 B1 전차가 격파 됐다. 전방 해치에서 불이 나면서 전차병 몇명이 탈출했다. 우리는 동축 기관총으로 그들을 모두 제거했다. 그러나 그 전차를 격파 시키고 성당에서 광장으로 이동하고 있을 때, 전방에 바리케이트가 보였다. 후방에서 H35 세대가 접근중이었다.

우리 전차는 고립되어가고 있었다. 탄약수가 겁에 질려 벌벌 떨고 있었다. 나는 정말 혼란스러웠다. 우리는 훈련에서 이런 상황에 어떻게 대처해야 하는지 교

육받지 못했기 때문이다. 이대로 가면, 우리는 모두 죽
는 것이었다.

위기에서 벗어났다

'어떻게 하지?'

나는 혼란에 빠졌다. 샤르 B1 bis에서 포탄이 발사됐다. '쾅' 우리 전차의 오른쪽에 75mm 포탄이 착탄 했다. 우리 전차가 심하게 흔들렸다. 탄약수가 포탄을 1발 장전시켰다. 조준기로 운전병 해치를 정조준했다. 포탄을 발사했으나, 포탄이 튕겨 나갔다. 적 전차의 전면 장갑은 우리가 관통하기에는 너무 두꺼웠다. 그리고 우리 전차의 궤도에 47mm 포탄이 맞았다. 폴란드에서도 이런 상황이 있었지만 폴란드 때는 대전차 무기 1문과 기관총 1정만이 전방에 있었고, 뒤에는 보병 지원이 있었다. 그러나 지금은 치열한 격전지에서 앞

뒤로 전차에 둘러싸여 공격당하고 있었다. 이런 상황에서 궤도를 고친다는 것은 미친 짓이었다. 하지만, 이대로 계속 기다리기만 하면 우리는 모두 죽는 것이다. 차라리 살짝 노출되어 있는 측면을 노려 포를 발사하면, 승산이 있었다. 그래서 나는 전차병 모두에게 전차 밖을 나가지 말라고 명령했다. 또 한 번 포를 발사했다. 그러나 적 전차의 정면을 맞고 포탄이 튕겨 나갔다. 재장전을 하고 측면에 포탄을 명중시켰다. 포탄이 적 전차의 장갑을 관통하고 파편이 엔진과 연료통까지 도달한 것 같았다. 연료가 누수되어 길바닥에 흘러나오는 것이 조준경을 통해 보였다. 몇몇 프랑스 전차병들이 수리를 하려고 내렸으나, 우리는 동축 기관총을 발사해 그들을 저지했다. 그러나, 뒤에 있는 H35 전차들이 우리 전차의 후방을 명중시키고 포탄이 도탄됐다. 나는 패닉에 휩싸였다. 전차가 마구 흔들렸다. 다른 전차병들도 모두 패닉에 빠져 몸을 웅크리느라 바빴다. 우리는 기동할 수 없었다. 훈련과 전혀 다른 상황이었다. 조준경을 통해 적 전차를 봤더니 연료 누수가 멈췄다. 전차가 고쳐진 듯했다. 그때 나는 머릿속에 한가지 생각밖에 들지 않았다.

'우리는 모두 죽었구나'

그런데 갑자기 우리 전차의 무전수 위르겐이 이상한 말을 했다.

"차장님, 궤도 고치는데 한사람이면 됩니까?"

나는 이 말의 뜻을 나중에야 깨달았다. 이 말을 한 뒤, 애국심 깊고 당을 섬겼던 무전병은 해치를 열고 나갔다.

"조국을 위하여!"

총알이 빗발치고 포탄이 날아가는 가운데, 무전병은 이를 악물고 궤도를 고쳤다. 그렇게 궤도가 다 수리되었을 때, 그는 총을 맞고 쓰러졌다. 그는 그 자리에서 전사했다. 나중에 장전수가 만신창이가 되어버린 무전수의 시신을 보고, 오열했다. 슬픈 일이었다. 하지만, 임무 수행이 먼저였다. 만약, 군인이 자신의 목숨을 아낀다면, 어떻게 작전을 수행할 수 있겠는가? 우리는 슬픔을 뒤로하고 다시 기동을 시작했다. 적 전차를 향해서 포를 쏘려고 하는 그때, 갑자기 우리를 조준하던 포들이 전부 하늘을 조준하기 시작했다. 그리고 하늘에서 귀를 가르는 사이렌 소리가 들리기 시작했다. 언제나 들어도 공포감이 오는 기괴한 사이렌 소리, 짧게 난사한 기관총, 그리고 급강하해서 폭탄을 떨구고 가는 기체, 슈투카였다! 전방의 적 전차가 순식간에 불타오르기 시작했다. H35 전차도 뒤로 후퇴하기 시작했다. 그 틈을 노려 우리는 전방의 적 전차를 격파했다. 그리고 바리케이트의 병사들을 기관총으로 제거했다. 뒤의 H35 전차도 한 대를 격파했지만, 아쉽게도 한 대는 도망치는 데 성공했다. 우리는 바리케이트를 뚫고, 대전차 무기 3대도 추가로 격파했다. 우리는 무전수가 없고 탄약도 거의 바닥났기 때문에, 다시 본부로 돌아갔다. 나는 중대장에게 우리 전투 보고서를 제출하고 물어봤다.

"하일 히틀러, 중대장님, 우리 전차병 위르겐의 시신을 찾아 주십시오."

"한번 생각해 보지"

중대장을 만난 지 4시간이 지나고, 우리는 무전병의 시신을 찾아냈다. 우리는 그를 묻고, 팻말을 새겼다. 나는 그에게 깊은 경의를 표했다. 그리고 앞으로의 전투에서 전사할 다른 전차병들도 절대 기억 속에서 잊지 않겠다고 다짐했다.

47

시가지를 벗어난 후

시가지에서 프랑스군과 격렬한 전투를 벌인 후 스당을 거쳐 계속 전진했다. 상부에서는 새로운 무전병으로 파울을 지원해 줬다. 파울은 9개월 동안 훈련을 받았다고 했지만, 실전 경험은 턱없이 부족했다. 나는 그런 신입을 대리고 전선으로 나가야만 했던 것이다. 스당에서의 전투가 끝나고 우리는 다음 목표 지점인 세인트 칸텐으로 전진했다. 전진 중에 우리는 프랑스 공군을 한 번도 보지 못했다. 그들은 다른 곳에서 싸우고 있었던 것 같다. 우리는 2일간 계속 이동했다. 우리는 그때 모두 죽을 고비를 넘겼다.

길에서 이동하는데 갑자기 대규모로 차량이 막히기

시작했다. 우리는 또다시 하늘을 보며, 공군이 있는지 확인했다. 나는 근심 가득한 마음으로 계속 하늘을 쳐다봤다. 파울이 나에게 물었다.

"차장님, 무슨 일이십니까?"

"신경 쓰지 말고, 네 위치로 가라"

그러나 마음속으로는 나도 걱정이 되었다.

'과연 우리에게 무슨 일이 일어날지 누가 알겠는가?'

다행히 우리는 적 공군의 습격을 받지 않았다. 그렇게 우리는 세인트 칸텐에 도착했다. 우리 전차는 도시를 이동하면서 다른 적 전차가 있는지 살폈다. 사람이 없는 한 건물 옆을 지나는데, 샤르 B1 bis 전차 4대가 우리 전차의 반대 방향을 바라보며 위장 엄폐하고 있었다. 혹여나 우리 전차의 소음을 들은것 같아 우리는 이 상황을 무전기로 중대장에게 보고했다. 그리고 다른 쪽으로 돌아 적 전차의 측면이 보이는 쪽으로 10m 전방까지 접근했다. 그러나 적 전차 안에는 사람이 없는 것인지, 우리를 보지 못한 것인지, 아무 반응이 없었다. 마치, 그냥 전차병들이 전차 안에서 자고 있는 것 같았다. 나는 즉시 격파를 명령했다.

"포 1발 장전!"

탄약수가 말했다. 나는 적 전차를 향해 조준하고 발사했다. 적 전차에서 화염이 휩싸이며 상단 포탑이 날아갔다. 그 전차 안에서 불에 휩싸인 사람 3명이 뛰쳐나왔다. 탄약수는 다시,

"포 1발 장전!"

다시 장전한 뒤에 다른 전차를 향해 포를 발사했다. 그 전차 역시 불에 휩싸이며 폭발했다. 아직 격파되지 않은 전차들은 아직도 아무 미동 없이 위장 엄폐만 계속했다. 우리 전차는 적 전차 4대를 이곳에서 격파했다. 이후 마을을 더 둘러봤지만, 더 이상 적 전차는 보이지 않았다. 우리는 전차를 아군 기지에 차고에 주차해 놓고 기지에서 쉬었다. 그곳에서 우리 전차병들과 나는 휴식을 취할 수 있었다. 잦은 전투로 피곤한 우리

에게는 마른 땅에 우물 같은 귀한 휴식 시간이었다. 나는 신입 전차병, 폴에게 전차병으로서 자신의 임무에 대해 자세히 설명을 했다. 앞으로 계속 전투를 하면서 폴이 과연 자신의 임무를 잘 수행할 수 있을지 걱정이 앞섰다.

.

아라스로 가기 직전

 우리는 아라스를 거쳐 영국과 매우 근접해 있는 해안으로 가야 했다. 그러기 위해서는 현재 있는 세인트 칸텐과 아라스를 거쳐야 했다. 그동안 우리는 세인트 칸텐에서 재정비를 하고 우리 전차를 수리했다. 우리 전차는 지난번 스당에서 큰 고전을 치른 까닭에 전차 후방에 사람 머리만 한 홈, 전면 장갑에 패인 수백 발의 기관총탄 자국이 남게 되었다. 이것을 수리하는 것은 이제 고스란히 우리 몫이 되었다. 하지만 다행히도 아직 작전이 계속 진행 중이었기 때문에 작전이 끝날 때까지 우리 전차의 장갑은 수리하지 않아도 되었다. 옛 무전병의 희생으로 고친 궤도도 이제 다시 수리할 때가 된 것 같았다. 지난번 행군할 때, 궤도에서 무언가 걸리적대는 소음을 들었기 때문이다. 토션 바도 2개가 손상됐는데 아직도 수리를 하지 못했다. 우리에게는 단 16시간밖에 주어지지 않았다. 최대한 빨리 부품을 받아서 전차를 수리해야 했다. 그러지 않으면, 정말로 우리 목숨이 다 날아갈지도 모른다. 다행히 몇 시간 만에 상부에서 새 부품을 지원해 줬다. 그런데 수리를 하던 도중, 뭔가 이상한 느낌이 들었다. 우리가 있던 곳 왼쪽에 갑자기 사람이 모이기 시작하더니, 의무대를 부르는 것이었다. 내 기억 속에는 그때, 붉은 십자가를 헬멧에 붙이고 가방과 붕대를 들고 뛰던 의무병이 아직도 남아 있다. 나는 의무병을 따라가 보았다. 전차병 1명이 361호 38(t) 전차의 궤도에 깔려 있었다. 알고 보니, 그 전차병은 잠시 전차 위에 올라타 있다가 하필, 청소를 위해 물을 뿌렸던 곳에 손을 올려 미끄러졌고 결국 사고가 났던 것이다. 다행히 그 전차병은 가벼운 타박상 정도로 끝이 났다. 그런 일들이 다 지나가고 우리는 토션 바와 궤도를 모두 고치고 추가 착탄까지 완료한 후, 전차의 상태를 마지막으로 점검하고 아라스를 향해서 출발했다.

도착한 아라스

제 5기갑사단은 1940년 5월 20일, 아라스로 진격하기 시작했다. 그 많고 많은 독일 기갑 차량들 중 하나가 바로 우리 전차였다. 우리가 탄 105호 전차는 22.5t의 2호 전차 보다 조금 더 큰 몸집에, 250마력짜리 엔진을 사용했다. 그렇게 우리는 포장도로에서 40 kph, 비포장도로에서 19 kph의 속력으로 계속해서 달리고 또, 달렸다. 우리는 우리의 50mm 포가 프랑스에 현존하는 그 어떤 전차라도 격파할 수 있다고 굳게 믿었다. 물론 그랬다. 우리는 프랑스에서 31대의 전차를 격파했으니 말이다. 그러나 아라스에서는 그 한 도시에서 한 번의 전투로 나의 전우, 우리 군대, 나의 조국, 모든 것을 잃을 뻔했다.

진격을 하는 과정에서 상부는 우리에게 또다시 필로폰은 보급해 줬다. 필로폰이었다. 이 당시에는 필로폰은 '잠을 자지 않게 하는 약' 정도로 생각하고 있었다. 아무튼 우리는 새로 보급받은 필로폰으로 약 1-2일을 버텨서 아라스에 도착했다. 그러나 지금까지 스당을 비롯한 각 도시와 아르덴 숲 근처에서 본 방어선은 모두 맛보기였을 정도로 약했다. 우리가 쳐들어오는 사실을 아는 것인지 아라스에 도착하고 난 뒤, 얼마 되지도 않아 프랑스군이 75mm 포와 박격포, B1 bis 전차들이 포사격을 개시해 우리를 열혈이 환호해 주었다.

우리는 잠을 거의 자지 않았기 때문에 우리는 매우 지친 상태였다. 더구나 이번 전투는 스당보다 더 좁은 시가지에서 싸웠기 때문에, 적 전차의 측면을 볼 수 없었다. 정면 대 정면으로 싸우면 우리가 격파당하는 것이 안 봐도 뻔했다. 이번만큼은 잘 싸워야 했다. 폴란드에서처럼 전차가 격파당하거나 스당에서처럼 항공기의 지원만을 바라면 안 되었다. 포 사격을 뚫고, 우리가 선두로 나서고 있었다. 내 앞에 빌헬름 중위의 4호 전차와 놀른소위의 2호 전차가 있었다. 앞에 격파당해 버려진 4호 전차가 있었다. 3연대의 503중대 소속인 것 같았다. 아까 포격을 가하던 전차들은 온데간데없이 사라져 있었다. 그리고 300m를 더 전진해 들어가자, 선두에 나서던 4호 전차가 피격당했다. 전방에 프랑스 전차 수십 대가 몰려 있었다. 전차 1-2대가 들어갈 수 있는 롤반(군용 경로)에 줄을 지어있는 약한 전차들과 넓은 광장에서 공격하는 강한 프랑스 전차들은 상대가 안 됐다. 선두의 4호 전차가 피격당하자, 우리는 바로 옆의 다른 길을 이용해 조금이라도 광장에 더 가까이 접근하려 했다. 시가지 안에서 우리 전차들은 허약했다. 나를 포함한 전차 7대가 오른쪽 롤반을 지나 이동중에 있었다.

그때, 전방에 B1 bis 전차, S35 전차, 그리고 D2 전차가 다시 포를 쏘아대기 시작했다. 그리하여, 선두에 서고 있던 1호, 2호 전차가 즉시 폭발하며 격파당했다. 선두의 격파당한 전차들이 엄폐물 역할을 하며, 사격에 도움을 주긴 했지만, 도저히, 측면 장갑이 보이지 않았다. 그러던 중, S35 전차가 포를 발사했지만, 포는 우리 대신 다른 건물에 떨어졌다. 그 포탄 때문에 건물에 구멍이 생겼다, 파편이 떨어지고, 주변에 먼지로 인해 앞이 보이지 않았다. 그 때문에 우리는 예광탄을 발사할 수밖에 없었다. 잠시 뒤, 먼지가 잠잠해지고, 우리는 모 아니면 도 심정으로 그냥 정면에 포를 쏘기 시작했다. 결과는 불 보듯 뻔했다. 포탄은 계속해서 도탄되었다. 이런 식으로 계속 포탄을 낭비하면 안 됐다. 우리는 잠시 퇴각하기로 했다. 퇴각 중 2호 전차 1대가 또 격파되었다. 아직 우리에게는 전차 4대가 남아있었다. 이 전차들만이라도 잘 살려야 했다. 나는 4대의 전차 중, 2대의 전차들을 전방에 배치해 탄약 소모를 해

주고 나머지 전차는 다른 롤반을 따라 측면을 공격할 생각이었다. 그런데 다른 롤반에도 프랑스 전차가 2대 있었다. 다행히도 그들은 측면을 노출시키고 있었기 때문에, 우리는 그 전차들을 격파했다. 그리고 왼쪽 모퉁이를 돌아 B1 전차를 격파시켰다. 내가 B1 전차를 격파시켰을 때, 다른 전차들도 눈치챘다. 나는 아까 탄약 소모를 위해 배치한 1, 2호 전차에게 측면이 노출되는 즉시 지원을 요청했다. 하지만 1호 전차는 이미 격파당했다. 일단 남은 2호 전차에도 지원을 요청했다. S35 전차에 1발을 발사했으나 도탄됐다. 하지만 적 전차는 기동 능력이 형편없었다. 적전차의 전면 장갑은 매우 뛰어났으나 측면은 그렇지 못했다. 우리 전차가 다시 포를 발사했을 때, S35 전차도 격파됐다. 남은 D2 전차는 격파되기 전 내 옆에 있었던 4호 전차의 엔진에 포를 맞춰 4호 전차는 기동 불능이 됐다. 다행히 승무원들은 무사히 탈출했고 D2 전차가 2호 전차에 의해 궤도가 파손되면서 우리 전차에 의해 격파당했다. 광장을 거쳐 S35 1대를 추가로 격파하고, D2 전차 3대를 발견했다. 2대는 우리 전차에 의해 격파됐으나, 나머지 1대가 2호 전차를 행동 불능 상태로 만들어 버렸다. 나는 마지막으로 남은 2호 전차로 D2 전차를 격파했다.

우리는 계속 진군했다. '보병은 어디에 있는지, 아군이 승리한 것인지, 내가 마지막으로 남은 아군 생존자는 아닐지' 많은 생각이 들었다. 무전기가 고장 나면서 우리는 본부와는 통신할 수 조차 없게 됐다. 오직, 내 옆에 있는 2호 전차에만 통신할 수 있었다. 나는 통신병에게 물었다.

"혹시 그 무전기, 고칠 수 있는가?"

"예, 고칠 수 있습니다."

통신병이 무전기를 고치는 동안 나는 운전병과 포수에게 최대한 빨리 아군을 찾으라고 지시했다. 약 20분 뒤, 다행히 우리 소속인 제 3중대가 진군 중 것이 보였다. 나는 2호 전차에 아군과 합류를 제안했다. 2호 전차는 동의했고, 우리는 35(t) 전차를 선두에 두고 진격했다. 진격 중 넓은 길이 나타나 마음을 좀 놓고 있었는데…….

'캉' 프랑스군이 장거리포와 박격포를 동원해서 중대를 박살 내고 있었다. 통신병은 무전기를 고치기까지 10분이 더 남았다고 했다. 나는 조준경을 봤다. 선두의 35(t) 전차의 포탑이 날아가고 있었다. 1, 2호 전차 3대도 불을 뿜으며 폭발했다. 장거리포의 포탄이 내 우측 상단의 건물을 맞춰서, 잔해가 다 우리 전차로 떨어졌다. 전방에 B1 bis 전차, S35 전차를 비롯해 적군 전차들이 전면 장갑만 보여준 채, 우리에게 사격을 가했다. 중대는 어떻게든 이를 악물고 버티며 적의 전차를 격파해 나가면서 진군했다. 그러나 더 격파할수록 더 많은 전차가 왔고 하다 하다 영국 마틸다 전차들까지 합류했다. 무전기를 고쳤지만 어떤 명령이 떨어질 줄 나도 알고 있었다. 중대의 손실은 너무 컸다. 그러나 적은 지칠 줄 모르고 계속 몰려왔다. 그래서 무전기를 고치고 중대장과의 교신이 되자, 명령을 하달받았다.

"퇴각하라"

내가 살면서 처음 받아본 퇴각 명령이었다. 과연 우리는 승리할 수 있을까? 아니, 그보다도…… 이 상황에서 살아서 집으로 돌아가 가족을 맞이할 수가 있는 것일까?

군인의 의무

퇴각한 뒤 재창설된 아군 본부(HQ)에 돌아왔다. 분대장과 소대장은 우리가 계속 퇴각해야 한다고 말했다. 사실 나는 분대장과 소대장의 생각에 반대했다. 한 번 몰락한 국가는 계속 몰락하기 때문이다. 그러나 나도, 이것이 과연 진짜 총통의 계획인지, 우리가 승리할 수 있는 확률이 조금이라도 남아 있는지 알 수 없었다. 나는 승리할 수 있는 확률이 더 적다고 생각했다. 본부의 지원은 많이 줄어들었고, 우리 전차도 조금 더 전투를 치르면 수리를 해야했다. 우리 군의 환경은 열악했다. 1, 2호 전차와 같은 경전차 승무원들의 얼굴은 암울함 그 자체였다. 내가 생각해도 그것은 당연한 것이었다. 경전차들은 다른 전차에 한두 방에 모두 격파되기 때문이다. 그렇다고 나를 포함한 중형전차의 승무원들도 좋은 상황은 아니었다. 우리 전차들은 기동력과 통신성이 앞섰지만, 화력과 방어력은 적 전차들이 더 앞섰기 때문에 전면 장갑만 들어낼 수 있는 상황이 생기면, 우리는 압도적으로 밀렸다. 소대장의 생각도 분대장의 생각과 다를 바 없었다. 그러나 중대장, 대대장의 생각은 달랐다. 중대장은 우리의 사기가 떨어진다는 사실을 눈치채고 우리에게 말했다.

"우리는 싸워야 한다. 언제까지 싸워야 하냐고? 적군이 두 손 들고 항복할 때까지 싸워라! 우리가 물러나면, 모든 것을 잃는다. 이 모든 고통은 승리할 때가 되면, 사라진다, 승리할 때까지, 끝까지 싸워라!"

추가 병력은 다음날 도착할 것이다. 그 전에, 우리는 적은 병력으로 싸워야 했다. 제 27중대의 기갑차량 총 38대 중 21대가 격파 됐다. 우리 중대의 피해도 적지 않았다. 재보충 병력이 오기 전에, 우리는 목숨을 걸고 다시 출격했다. 나는 우리 전차를 이끌고, 롤반을 따라 5대의 전차와 함께 기동하고 있었다. 롤반의 중간쯤 되는 길목에 왔을 때, 나는 영국 전차를 포착했다. 나는 즉시 1대의 아군 전차와 함께 롤반 사이로 들어가 다른 전차에 엄호를 요청하고 적 전차를 격파했다. 그런데 그 전차를 격파하고 나는 뭔가 이상했다. 적 전차가, 그것도 단독으로 여기 있는 것이 이상했기 때문이었다. 나는 격파된 전차 주위를 둘러봤는데 그곳에는 6 파운더 대전차포가 있었다. 그것을 발견하고 나는 즉시 무전기에 대고 소리쳤다.

"빌헬름, 후방 기동해!!"

그러나 빌헬름의 4호 전차는 6 파운더 포를 맞았고, 승무원들은 그 자리에서 즉사했다. 나는 즉시 그 6 파운더 포를 부숴버렸다. 또 다섯 명의 전우를 잃었다. 나는 잠시 생각에 잠겨 아무 말도 하지 않았다.

"차장님, 어디로 기동할까요?"

"우선 다른 전차를 따라 기동하라······"

"예, 알겠습니다."

그렇게 시가지를 따라 기동하는데, 길에 깔려있던 지뢰에 의해 파우저의 3호 전차가 행동 불능이 되었다. 그 즉시 기동을 멈췄다. 지뢰가 있는지 확인했다. 그리고 mp40을 들고 가는 파우저의 모습을 뒤로하고 계속 지뢰를 확인했다. 지뢰들 때문에 30분이나 소비했다. 방금 터진 지뢰는 어떤 병사가 시가지에 지뢰를 깔려고 하다 1개를 떨어뜨린 듯하다. 다른 곳에는 지뢰가 없었으니까. 그렇게 30분을 허비하고 계속 앞으로 나아갔다.

30분 뒤, 우리는 작전 반경에 소비해서 도착했다. 시가지에서 새로운 적 전차를 발견하는 것은 그리 어렵지 않은 일이었다. 방금 전의 일로 조금은 감정적으로 혼란이 왔다. 그러나 그런 사사로운 감정에 사로잡혀 있을 때가 아니었다. 앞에 수많은 적 전차들이 매복해 있었으니까!

지옥문 앞까지 갔다

서둘러 해치를 닫았다. 우리는 비장했다. 우리가 시가지를 따라 직진하며 45m까지 접근했을 때 적이 발포하기 시작했다. 여기서 우리가 패배하고 후퇴하면 내 조국은 무너질 뿐만 아니라 우리의 나약함을 증명하는 것이었다. 그런 일은 차마 있어서는 안 되었다. 아군 보병이 박격포를 쏴 적 보병을 저지하고 있었다. 전방의 S35 전차는 계속 포를 쏘고 있었다. 2호 전차가 기관포를 응사했지만, 효과는 없었다. 그 S35 전차는 전방의 4호 전차에 의해 격파되었다. 그게 끝이 아니었다. 뒤로 B1 bis 전차 3대가 더 있었다. 1호 전차가 전방에 있는 적 전차의 포탑 궤도 링을 파손시켰다. 우리 전차가 적 전차의 궤도를 맞췄다. 그런데, 75mm 포가 우리 전차의 옆에 있는 4호 전차를 비롯해서, 그 뒤에 있는 3호 전차까지 그대로 관통해 격파시켰다. 3호 전차의 탄약이 소실되어 폭발해 우리는 추가로 전차 1대를 더 잃었다.

"이런 ***!"

내 뒤에 있는 전차장인 바커가 패닉으로 심한 욕설을 내뱉었다. 어쩔 수 없었다. 우리는 갈림길로 찢어서 움직였다. 나는 바커의 3호 전차와 함께 움직였고, 게르홀트의 4호 전차는 다른 2호 전차와 움직였다. 갈림길의 끝에서 적 전차의 뒷모습을 봤다. 적전차는 반응 속도가 배우 느렸고, 기동성도 매우 좋지 않았기 때문에, 바로 격파시켰다. 내가 무전기로 말했다

"적 전차 격파!"

"적 전차 행동 불능!"

그 순간, 그것을 감지했는지, 적 전차가 후방으로 움직이려고 했다. 그러나 적 전차들은 하나같이 느려서

손쉽게 격파당했다. 적 전차가 폭발하며 승무원이 불탄 채로 달려가고 있었다. 재장전 과정 중에 또 적 전차를 발견했다.

최대한 들키지 않으면서 기동했다 나는 무전수에게 탄약수와 같이 적 전차 근처에 있는 건물에 다이너마이트를 매설하라고 지시했다. 10kg 정도의 다이너마이트를 민가에 매설했다. 총성이 울렸다.

"손들어! 너는 포위됐다! 손에 든 거 당장 내려놔!!!!"

프랑스어를 예전에 배웠기 때문에 두 사람이 위험에 처해 있다는 사실을 알았다. 포수 슈마이저가 말했다.

"지금 당장 다이너마이트를 폭파해야 합니다! 아니면 파울도 죽고, 저 짜증 나는 프랑스 놈들까지 다 놓쳐요!"

"폭발하면 파울까지 죽습니다!"

선택의 길에 놓여있었다.

"스위치를 돌려라…" 내가 말했다.

"예?? 그럼 파울은…"

"파울도 중요하지만, 우리의 임무는 적 사살이다. 그러니 스위치를 돌려, 명령이다!"

포수는 다이너마이트 스위치를 돌렸다.

'쾅'

건물 잔해가 적 전차에 깔렸다. 그리고 폭발과 동시에 시신이 튕겨져 나왔다. 죄책감이 들었고 분노가 쌓였다. 결국은 내 잘못된 명령으로 인해 파울이 죽은 게 아닌가. 나는 앞으로 천천히 전진을 명령하고, 기관총의 권총 손잡이를 꽉 쥐었다. 손을 부르르 떨면서, 나는 포수에게 명령했다.

"적 전차를 향해 발포 개시…"

나는 적 보병에게 기관총을 마구 발사했다. 지금까지 지내왔던 전우들을 죽였던 적에게 쌓인 분노가 나도 모르게 터져 나왔던 것이다. 그날 내 심정은 말할 수 없을 정도로 참혹했다. 우리 전차는 스당에서 아라스까지 계속 무전병이 희생당했다.

'왜 항상 무전병이 희생당하는 것일까.'

이번에는 전장에 나간 지 채 1개월도 안 된 신입이 죽었으니, 그 신입을 잘 훈련해 보겠다는 내 마음도 물거품이 되었다. 많은 생각이 스쳐가는 사이 기관총에서는 새하얀 연기가 나오고 있었고, 적 전차는 격파되어 포탑이 사라지고 있었다. 나는 전차 밖으로 나왔다. 피로 붉게 물든 시체들을 지나 내 앞에는 한 젊은 독일군 병사의 인식표와 알아볼 수 없을 정도로 훼손된 시신이 있었다. 그리고 그 인식표에는 한 사람의 이름이 적혀있었다.

'파울 슈미트'

신병의 죽음, 그후

슈미트가 죽고 나서 나는 마음이 매우 심란했다. 우리는 전투가 끝난 후에 슈미트의 묘를 만들기 위해 그의 시체를 안전한 곳에 두었다. 나는 다시 전차에 올라탔다. 조금 전에는 나 스스로도 놀랄 정도로 야만적이었다. 그리고 실전 경험이 턱없이 부족했던 신병이 죽어서 또 경악을 금치 못했다. 그 두 가지 이유로 나는 놀랐다. 전투는 반드시 승리해야 했다. 슈미트를 위해서라도. 그리고 내가 무전병 역할을 대신하며 계속 전진했다. 그런데, 갑자기 윗선에서 무전이 왔다. 그 무전의 주인공은 슈타힘 중사였다.

"하인츠, 지금 당장 퇴각 하도록 해"

"예?! 그게 무슨 소리십니까?"

"제 5대대가 도시를 점령했다. 우리가 승리했어."

"… 예 알겠습니다!!"

우리가 승리했다. 힘겨운 전투가 끝난 뒤에 맛본 승리였다. 우리는 그 승리했다는 무전을 받고 정말 기뻐했다. 그리고 이후에 내 망가진 3호 전차를 이끌고 아군 거점의 기지에 돌아왔더니 슈타힘 중사가 나와 몇몇 동료를 중대장실로 이동하라 했다. 그리고 중대장실에서 중대장은 한마디 했다.

"제군들, 자네들의 전투보고서의 실적을 보니 전투용 장비의 격파 수가 놀랄 정도로 많더군, 그래서 자네들에게 기사 철십자 훈장을 이틀 뒤에 수여하기로 했네, 그리고 자네들 장비를 노후된 장비에서 새 장비로 교체해 주기로 했어. 앞으로 제국을 위해 노력하길 바라네."

평화의 1940년

우리는 아라스를 탈환하고 제 2기계화연대가 덩케르크 근처의 해변 도시를 점령하면서 프랑스군을 밀어내기 시작했다. 그리고 결국 연합군은 덩케르크에 갇히고 우리는 프랑스를 점령하면서 평화로운 나날들을 맞이할 수 있었다. 잠깐동안 바다사자 작전과 북아프리카 침공으로 조금 시끄러웠지만, 공군으로 이뤄진 바다사자 작전이나 4기갑 연대가 파병된 북아프리카와 우리는 상관이 없었기 때문에 우리는 1년 6개월간 평화의 달콤함을 느꼈다. 에펠탑에는 제국 선전문이 있었고, 신문의 1면에는 히틀러가 에펠탑에서 찍은 사진이 있었다. 그리고 바뀐 우리 4호 전차 F1형은 차고에서 훈련과 기동이 아닌 적은 관리를 받으면서 차고에 방치되어 있었다. 지금 생각해보면 너무 군기가 잡혀있지 않은 행동이었지만, 우리는 그 사실을 모른 채 시간을 흘려보냈다. 결국 일이 터졌다. 우리는 정비할 때, 전차의 궤도나 엔진에만 신경을 쓰고 다른 것들의 관리는 소홀히 했다. 결국 기동훈련을 하려고 엔진을 켰지만, 시동이 걸리지 않았다. 연료가 새고 있던 것이다. 다시 시동을 걸었더니 시동은 걸렸지만, 배기커버가 파손되고 엔진에 불이 났다. 금방 소방 장비로 불을 껐지만, 이 사실이 전 대대에 소문이 났다. 그 때문에 나는 중대장실로 불려갔다. 그리고 거기서 중대장은 나를 윽박질렀다.

"도대체 전차 관리를 어떻게 한 거야?! 어떻게 하면 멀쩡히 있는 엔진에 불이 날 수 있느냔 말이야?!"

"…"

"슈테판 중령"

"중령, 하인츠 슈테판"

"관리를 어떻게 했느냐 말이야?"

나는 할 말이 없었다.

"죄송합니다. 할 말 없습니다."

중대장이 한숨을 쉬었다.

"일단 이번 일은 내 선에서 마무리하겠네만, 다음에 이런 일이 있으면 영창은 물론이고 군기 교육대로 가는 건 감수해야 할 것이야. 그러니까 앞으로는 잘해 알겠어?!"

"예, 알겠습니다!"

나는 중대장실을 나왔다.

나 자신조차 군기가 너무 빠져있다고 생각한 순간이었다. 그 순간이 프랑스 전쟁에서 내가 제일 부끄러워했던 순간이었다. 그날 저녁, 나는 내 오랜 동료 다니엘과 만났다. 나는 함께 장교 클럽에 가서 맥주를 한 잔 마셨다. 그때 다니엘이 나에게 말했다.

'산들바람은 상쾌하고, 전차들은 움직이네. 너무 낙심하지 마! 하인츠, 전쟁이 끝나면 같이 수평선에서 해

76

가 뜨는 것을 보자.'

그의 말은 나에게 한 편의 시처럼 들렸다.

바르바로사

 1940년은 나에게 있어서 전쟁 중 제일 평화로웠던 시기였다. 그러던 어느 날, 나와 군대에서 초급 장교 때부터 인연이 깊은 동기였던 다니엘 소령과 몇몇 장교들은 제 5기갑사단에서 제 10기갑사단으로 배속됐다. 나는 제 10기갑사단에 대해 들어본 것이 없었다. 그러나 이동 이틀 전, 대대장이 제 10기갑사단으로 가는 장교들을 불러 설명을 하기 시작했다. 우리가 소수 정예 장교이기 때문에 이후 있을 소련 침공에 참여시키기 위해 우리들을 소련 접경 지역으로 보낸다는 것이었다. 이 설명이 끝나고 이틀 뒤, 나는 파리에서 베를린으로, 베를린역에서 소련 접경 지역으로 가는 기차를 탔다. 나는 내 4호 전차를 수송용 철도에 인양하고, 객실에서 편히 쉬었다. 계속해서 기차를 타고 가다가 드디어 제 10기갑사단에 도착했다. 그런데 이 사단은 내가 기존에 있던 제 5기갑사단보다 분위기가 좋지 않았다. 훈련량이 많아서 그런 것인지는 모르겠는데, 이 사단은 분위기가 아주 음침했다. 나는 그 이유를 1941년 5월 29일이 되고서야 알았다. 그때 우리는 지휘관으로부터 바르바로사 작전에 대한 정보와 계획을 들었다. 6월 22일 소련을 향해 기습 공격을 감행한다는 것이었다. 앞으로 또 평화가 깨질 것을 생각하니 이렇게 계속 전쟁만 하다가는 우리나라가 곧 망하는 것이 아닌가 싶었다. 하지만 우리는 윗선의 명령을 따라야 했다.

1941년 6월 22일, 포병 대대가 곡사포를 일렬로 사격하기 시작했다. 그 소음은 상상을 초월했다. 그리고 기갑부대의 전차가 진격하기 시작했다. 전선에 있었던 소련군들은 손 놓고 죽거나 포로가 되었다. 진격 중에 커다란 전투는 없었고, 소련군은 와해 되고 있었다. 그들의 무기는 보잘것없었고, 우리보다 인구가 10배는 더 많다고 하는 소련도 군인은 얼마 남지 않았으며, 있는 군인도 스탈린의 대숙청 때문에 군인들이 그냥 서 있는 표적이 되어 버리고 말았다. 소련의 롤반을 지나가고 있으면 양옆에 그들의 시체와 버려진 장비가 쌓여 있었다. 우리는 멈추지 않았다. 알렉산더 대왕도 정복하지 못한 땅을 우리가 들어가고 있었다. 성공이다! 나폴레옹이 처참하게 실패해서 퇴각했던 길을 반대로 우리는 가고 있었던 것이다!

블리츠크리그의 해

1941년 여름 우린 모스크바를 향해 계속해서 나아갔다. 진격 속도가 제일 빨랐던 그해 여름, 우리는 이 전쟁이 6개월 혹은 1년 안에 반드시 끝나리라고 믿었다. 우린 거친 소련의 땅으로 들어가고 또 들어갔다. 그러던 중, 민스크에서는 비교적 큰 전투가 있었다. 우리 군은 민스크 외각에서부터 전차를 앞장세워 대규모로 민스크를 점령하려고 했다.

1941년 6월 24일, 우리는 민스크에 도달했다. 그리고 우리가 본 것은 많은 사람과 아군, 그리고 하늘을 메운 항공기들이었다. 우리는 그 수많은 사람으로 인해 적 전차를 제대로 탐지할 수 없었다. 덕분에 뒤에 있던 바그녀의 3호 전차는 BT-7 전차의 포를 맞고 측면에 검게 그을은 자국이 생기고 깊게 홈이 파였다. 하지만 소련 전차병들은 훈련 미숙으로 잘못된 곳을 맞춰 탄이 도탄됐다. 그리고 그 전차는 초탄을 발사하고 20분도 채 지나지 않아 피격당했다. 그 전차가 피격된 뒤, 우리는 민스크의 시청을 점거하기 위해 전차에서 작전 계획 판을 놓고 쌍안경으로 밖의 동태를 살폈다. 밖에서는 다른 아군 전차와 아군 보병이 kar98 소총을 들고 골목길과 중앙 도로로 갈라져 이동하는 것이 보였다. 중간중간 MP40을 든 소위나 루거를 든 장교들의 모습도 보였다. 그렇게 전차를 기동하며 시청 근처로 접근했더니 이번에는 다섯 대의 T-26 전차와 바리케이트가 우리를 배웅하고 있었다. 하지만 모두 부정확한 사격 솜씨로 인해 전차에 맞은 탄은 대부분 도탄 되었고, 운 좋게 측면에 맞아도 경전차인 T-26은 우리 전차를 관통할 여력이 되지 못했다. 폭격으로 인해 대부분의 군인이 사망한 소련군은 결국 쉽게 궤멸되었고, 우리는 포로들과 민스크를 얻게 되었다. 그렇게 우리는 2주 만에 민스크를 점령했고 다음 목표인 스몰렌스크로 빠르게 향하고 있었다. 롤반에서의 긴장감은 예전에 내가 겪었던 전투에서보다는 덜했다.

그러던 어느 목요일, 우리는 오르샤를 점령하고 기동력으로 스몰렌스크로 빨리 기동하고 있었다. 우리는 롤반을 따라가는 것이 우리의 일상이었다. 넓은 소련의 영토에는 버려진 참호와 시체 그리고 버려진 소련제 무기가 널려있었다. 우리는 넓고 푸른 들판에서 전차를 16-38 kph의 속력으로 계속 달릴 수 있었다. 심심할 틈도 없었다. 진군을 하면서 만나는 소련의 군인들과 전차병들을 상대하며 계속 앞으로 나아갔다. 우리가 진군하는 곳을 둘러보면, 폭발 연기와 함께 루프트바페(독일 공군) 항공기가 폭탄을 떨구며 앞으로 나아가고 있었다.

우리는 소련을 통과하며 우리는 저 거창한 푸른 들판 위에 우리 아군 군인과 전차들이 지나가고 있다는 사실이 너무나 자랑스러웠다. 우리는 들떠 있었다. 우리 군이 승리하고 있다는 사실이 가장 큰 자신감을 심어 주었지만, 라디오를 통해 들리는 괴벨스나 히틀러의 연설도 우리에게 자신감을 주었다.

1941년 10월 3일, 우리가 스몰렌스크를 점령한 뒤였다. 히틀러는 소련 침공을 대대적으로 선전하면서 1936년 베를린 올림픽 때 사용했던 체육관에서 연설을 했다.

"우리 군은 성공적으로 노르웨이와 발칸반도 등의 침공을 성공적으로 이끌고 있습니다."

"와아아아아아 – "

관중들의 환호 소리가 들렸다. 이후 히틀러는 몇 마디 말을 더했고, 평소 히틀러에 대해 과도할 정도로 충성심을 보이던 일부 병사들은 히틀러가 하던 말에 대해 자신감을 얻으며 라디오에서 나오는 말에 격렬히 반응했다.

이윽고 히틀러는 이렇게 말했다.

"총통이 보장하는데 우리 군대는 붉은 군대를 완전히 섬멸하여 다시는 회복하지 못할 것입니다. 소련은 이 전쟁에서 패배했습니다!"

그러자 병사들은 일제히 소리를 질러댔다.

우리도 우리가 승리했다고 확신을 가졌다.

모스크바로

1941년의 가을은 추웠다. 우리는 모스크바 근교에서 꽤 멀리 떨어진 지점에 있었다. 그때 예상치 못한 일이 일어났다. 모스크바 근교에서 조금 떨어진 곳에 작은 마을이 있었는데, 그 마을에는 아무도 없었고, 오직 버려진 집 몇 채뿐이었다. 그 마을에 나를 비롯한 네 명의 동료가 마을에 진입했다.

"명심해라 제군들, 우리 목표는 이 시가지에 숨어있는 적을 모두 섬멸시키는 것이다. 알겠나?"

"예, 알겠습니다!"

내가 무전을 치던 중, 무전병이 나에게 말했다.

"차장님"

"왜?"

"어디서 엔진소리 안 들리십니까?"

"우리 엔진 말하는 거 아냐?"

"아닙니다. 다른 소음이 들리지 말입니다."

"뭐? 어디서 들리는데?"

"그… 우리 전차 앞쪽에서 들리지 말입니다."

"뭐?"

그리고 나는 해치로 우리 전차 앞쪽에 있는 오두막의 차고를 살펴봤다.

차고 속에 무언가 커다란 물체가 있었다. 잠시 후, 나는 전차에서 내려 차고로 다가갔다. 그리고 차고의 틈새로 안에 무엇이 있는지 들여다봤는데……

그 구멍을 들여다본 순간, 나는 깜짝 놀랐다. 한 번도 보지 못한 모습의 전차와 몇 명의 러시아 병사들이 있었기 때문이다. 그 전차는 초록색이었고, 우리 아군의 전차보다 더 크고 웅장하게 보였다.

재빨리 내 전차로 귀환했다. 그 전차를 빨리 격파시

켜야 했다. 내 전차로 돌아온 나는 무전기로 동료들에게 말했다.

"지도상 위치에서 표시된 R1 지점에서 동쪽으로 400m 떨어진 곳에 차고가 하나 있다. 그 차고에 러시아 군인과 출처 불명의 전차가 한 대 있다. 무슨 일이 벌어질지 모르니 최소 세 대는 우리 전차 근처로 오길 바란다. 이상"

"알겠다."

나는 동료 전차가 올 때까지 잠시 대기 했다. 동료 전차가 왔을 때, 그 출처 불명의 전차가 활동을 시작했다. 요란한 소리를 내며 차고를 부수고 나온 그 전차를 다시 보니 매우 둥글둥글한 포탑을 가지고 있었다. 우리는 그 전차를 향해 사격을 개시했다. 4호 전차의 포탄이 그 전차의 측면을 때렸다. 그러나 포탄은 스파크를 일으키며 그대로 도탄 되었다. 순식간에 4호 전차 한 대가 격파됐다. 포를 여러 번 쏘아보았지만, 소용이 없었다. 그러다가 정면에 운전병 해치로 보이는 부분을 발견했다. 하지만, 발포해도 소용이 없었다. 어쩔 수 없이 우리는 포병의 88mm의 힘을 빌리기로 했다. 롤반을 따라 나가면 보병들이 피해를 볼 수 있기 때문에 다른 길을 통해 이 전차를 유인시켜야 했다. 4호 전차 세 대가 뭉쳐 다니며 그 전차를 유인했다. 우리는 재빨리 기어를 바꾸고 후방으로 기동하기 시작했다. 360도 기동을 할 수가 없고, 했다고 해도 그 전차의 위력이면 우리 전차가 격파당할 것이 뻔했다. 그러나 그 전차의 포구에서 나온 포탄으로 인해 포탑의 일부가 관통당했고, 포탄 파편이 장전병의 다리를 관통하며 탄약수가 부상당했다. 이제 내가 탄약수의 역할을 맡아야 했다. 또다시 포가 발사되었고, 전차가 심하게 흔들렸다. 우리는 변속기로 추정되는 부분을 겨누었다. 그리고 포를 발사했다. 성공이다! 전차 일부가 파손된 듯했다. 그렇게 시간을 벌며 나는 본부와 통신을 했다.

"중령 하인츠, A1 지점에 있다! 본부, 지금 당장 88mm 한 문이 필요하다. 반복한다, 지금 당장 88mm 포 한 문이 필요하다!!"

"알겠다."

그러는 사이 탄약수의 출혈은 더 심해졌다. 붕대가 필요했지만 그런 건 없었다. 어쩔 수 없이 손으로 직접 지혈을 할 수밖에 없었다.

포탑 바닥에 피가 흥건했다. 화약 냄새가 났다.

'콰광~'

앞에 있던 그 정체불명의 전차가 격파되었다. 88mm 포가 제때 준비 되었던 것이다. 우리는 서둘러 아군 본부로 향했다.

"의무병! 의무병 어디 있어!"

내가 소리쳤다. 탄약수는 아직도 조금씩 피를 흘리며 서 있었다. 야전침대 앞에서 부축을 풀자 털썩 주저 앉았다. 탄약수 위르겐은 부상으로 3개월간 병상에 누워 있어야 했다. 그러는 사이 다른 탄약수가 우리 소대로 들어왔다. 그가 새로 우리 소대에 들어온 뒤, 우리는 계속해서 모스크바로 진격을 이어갔다. 며칠 뒤, 모스크바 전투가 몇 시간 남지 않은 시점이었다. 그때 나와 동료 군인들에게 우편이 하나씩 왔는데, 거기에는 모두 이렇게 적혀 있었다.

"동부전선의 병사들이여, 동지들이여! 오늘 결정적이고 위대한 마지막 전투가 시작된다."

모스크바 공방전

　우리는 전차를 이끌고 모스크바로 진격 또 진격했다. 드디어 모스크바에 도착했다. 도착하자마자 우리를 기다렸던 것은 소련군의 시가지 전투였다. 모든 일이 순조롭게 풀리는 듯했다. 그러나 10월 둘째 주부터 무언가 잘못되기 시작했다. 때아닌 장마로 인해 롤반은 물론이고 모든 땅이 다 진흙 바닥이 되었다. 우리의 진격 속도는 상당히 느려졌으며, 한번 진흙에 빠지면 항상 구난 전차와 크레인이 동원되어야만 했다. 보급품을 실은 트럭도 예외는 아니었다. 우리는 가끔씩 전투 식량을 먹지 못하거나 휘발유를 적정량 이하로 보급받기도 했다. 궤도와 로드휠 사이에는 항상 진흙이

끼어 있었고 바퀴와 궤도는 헛돌기 일쑤였다.

소련의 새로운 전차도 우리에게 막심한 피해를 주었다. 우리가 모스크바 진격을 위해 확보해야 했던 작은 마을에서 4호 전차 네 대와 3호 전차 세 대, 그리고 88mm 포 한 문을 가지고 힘겹게 싸워 격파해 낸 그 전차가 바로 T-34였다. 이런 전차들은 혼자 나타나곤 했고 가끔은 운 좋게 잔고장이 나긴 했지만, 그 한 대만으로도 여전히 큰 피해를 주었다. 내가 작전 지점에서 보병과 88mm 포와 함께 이동 중이었을 때였다. 해치 밖을 쌍안경으로 주시하며 혹시 있을지도 모를 소련 전차들을 찾고 있었다. 왠지, 행군하는 길 우측에 소련 전차가 숨어있을 것 같다는 느낌이 강력하게 들었다. 롤반의 옆쪽의 숲은 매복하기 딱 좋은 지형이었기 때문이다. 불행히도 그 느낌은 적중했다.

"전차장님, 행군은 언제쯤 끝납니까?"

"대충 1시간쯤 남았다. 소련군의 매복 공격을 막기 위해선 어쩔 수 없는 선택이다."

"왠지 롤반 근처에 소련군이 숨어있을 것 같습니다."

"그럴 리 없다. 정찰병은 이곳이 안전하다고 보고 했다. 그러니 안심하고 위치로 돌아가라⋯⋯"

갑자기 앞에 있던 3호 전차가 격파됐다.

"매복이다! 전부 전투 태세로!"

"적은 도데체 어디에 숨어있는 거야!"

우왕좌왕하는 사이 숨어있는 T-34는 3호 전차와 보병 수송 트럭을 격파시키고 동축기관총을 난사했다. 그사이 우리는 T-34의 위치를 파악했다. 그리고 초탄을 발사했다.

"우로 60° 조준!"

"포 1발 장전!"

"발사!"

우리 전차가 초탄을 발사했다. 하지만 초탄은 T-34의 장갑을 맞고 도탄 되었다. 결국 몇발의 포를 더 발사했으나, 소련군의 전차는 우리의 전차보다 더 강력

했고, 행군 중이던 우리 중대는, 88mm 포를 발사해야 그 소련 전차를 겨우 격파시킬 수 있었다.

그런데 그런 T-34뿐만 아니라 zis-2 대전차포도 우리에게 위협이 되었다. 항상 초록 위장색을 칠하고, 초록 옷을 입은 병사들과 풀로 위장한 채, 롤반 양옆에서 우리를 공격해 전우들이 죽어 나가기 일쑤였다. 하지만 뛰어난 전략으로 우리는 모스크바 120km 전방까지 나갔다.

우리는 있는 힘을 다해 더 진격해 나가면서 망원경을 이용해 크렘린 궁을 조금은 볼 수 있을 정도까지 왔지만, 우리는 소련의 혹독한 겨울로 인해 발목을 잡힐 수밖에 없었다. 겨울까지 전쟁이 이어질 것이라고 생각을 하지 못한 우리는 동복을 제대로 받지 못해 항상 이가 덜덜 떨렸다. 이제는 로드휠에 쌓인 눈도 빼내야 했다. 당시에 날씨가 얼마나 추웠으면, 내 동료인 418번 전차장이 잠시 임무 수행을 하러 전차를 끌고 나갔다가 복귀할 때가 됐는데 복귀하지 않았다.

　잠시 후, 우리는 그 전차가 구난전차에 실려 오는 풍경을 보게 됐다. 알고 보니, 그 전차가 임무 수행을 하는 동안 잠복 대기를 하고 있다가 휘발유가 얼어버려서 시동을 걸 수가 없었던 것이다. 이런 점은 트럭도 마찬가지였다. 이제는 트럭을 움직이려면 1시간 동안 예열을 시켜야 겨우 움직일 수 있었다. 이런 어려움을 이겨내고 우리는 모스크바 80km 전방까지 전진하며 싸웠다. 그렇게 시간이 흘러 12월 5일, 모스크바가 30km 남은 시점이었다. 갑자기 엄청난 규모의 소련군이 밀고 들어왔다. 그들은 지금까지 우리가 싸우며 보았던 모든 무기를 총 동원해 우리를 공격했다. 우리는 공습과 포격이 거의 불가능했고, 보급선은 완전히 끊겼다. 우리 부대는 어쩔 수 없이 후퇴했다.

전세의 역전

1941년의 겨울, 동상으로 전우들은 계속 죽어 나가고 있었고 우리는 후퇴하기 시작했다. 후퇴하는 동안 내 전차가 멈추거나 전우들이 더 죽는 끔찍한 상황이 발생하지 않기를 바라면서 1941년 11월 20일, 나는 아군과 함께 휘몰아치는 눈보라를 맞으며 후퇴하고 있었다. 눈보라가 심해 앞은 겨우 볼 수 있을 정도였고, 사지가 얼어붙는 것 같았다. 그곳에는 전차의 엔진이 가동되는 소리, 말발굽 소리와 눈에 파묻힌 운송 수단을 파는 보병의 삽질 소리, 그리고 눈보라의 소리 밖에 아무 소리도 들리지 않았다. 전차는 당장이라도 멈출 듯 덜덜거리고 있었고, 눈보라가 조금 수그러들자 나는 움직일 수 있는 모든 것들이 모든 물자를 실어 나르고 일렬로 후퇴하는 광경을 볼 수 있었다. 고통스러운 시간이었다. 1시간…. 2시간…. 계속해서 후퇴했다. 그렇게 계속해서 후퇴하다가 롤반 옆에 격파되어 버려진 전차들과 너무 추워 시들어버린 식물들이 보였다. 롤반 옆에 하얀 눈에 뒤덮인 식물들 뒤로 소련군의 zis-2 대전차포와 저격병이 매복하고 있었다. 그 사실을 까맣게 모르고 있던 우리는 내 뒤에 있는 4호 전차가 격파된 뒤에서야 대전차포가 있다는 사실을 알 수 있었다.

"적의 공격이다! 모두 전투테…"

'탕–'

"저격수다!"

순간 적의 공격을 알리던 보병이 저격병에 의해 쓰러졌다. 하얀 눈에 붉은 피가 흩뿌려졌다. 우리는 조금이라도 더 빨리 아군 전차를 격파하는 대전차포를 찾아야 했다. 동축 기관총에 예광탄을 장전하고 쏘아대던 우리는 마침내 숨어있던 대전차포를 찾았다.

"좌로 70˚ 조준!"

"발사!"

1942

1942년이 왔다. 그동안 나는 소련에서 전투를 치르며 전차 23대를 격파하고, 그 활약을 인정받아 4호 전차 H형을 전장에서 사용할 수 있게 됐다. 우리는 모스크바까지 가지는 못했지만, 다시 전세를 회복하여 소련군을 격파하며 진격하고 있었다. 소련군은 계속해서 신형 전차인 T-34를 계속 투입했다. 우리가 4호 전차와 88mm로 힘겹게 격파한 그 전차가 바로 T-34였다. 이 T-34는 소련의 최종병기와 같은 무기였기에, 계속 혼자 등장했다. 하지만 우리도 경험이 쌓이고 쌓여서 T-34가 혼자 출몰하면, 88mm로 손쉽게 격파했다. 이런 경험들은 1942년까지 우리가 적을 격파하는

데 매우 중요했다. 하지만 이런 경험들은 롤반에서는 무용지물이었다. 거치식 88mm를 운용할 수 없는 롤반에서는 물량으로 어떻게든 T-34를 상대해야만 했다. 그리고 1942년부터 전장에는 살벌한 전기톱 소리가 울려 퍼졌다. 바로 신형 기관총인 MG42가 투입되었기 때문이다. 처음 이 무기가 투입되었을 때는 공수 부대와 같은 특수한 곳에만 보급되었으나, 곧 우리 부대의 보병들도 이 괴물 같은 기관총을 들고 다니는 것을 볼 수 있었다. 기존에 전차나 보병 사이에서 사용되던 MG34보다 더 빠른 연사를 가지고 있었기 때문에 실제로도 이 기관총 근처에 서 있으면 '드르르륵'하는 전기톱의 소리가 울려 퍼졌다.

1942년은 1941년 여름과 같이 전격전으로 진격하기만 하는 연도였다. 나는 중부 집단군에 포함되는 제 10 기갑사단 72대대 소속이었다. 그러나 1942년 3월 2일, 나는 내 전차와 오랜 동료, 소위 다니엘 슈미트와 함께 제 16기갑사단으로 배치되었다. 우리는 그곳에서 약 2개월간 머물렀다. 그곳에서 우리는 하르코프 방어를 도와야 했다.

1942년 5월 12일, 우리는 갑자기 집중 포격을 받으며 소련군에게 공격당하기 시작했다. 서둘러 전차에 시동을 걸었다. 시동을 걸고 우리는 재빨리 전차에 탑승했다. 이미 아군 전차 2-3대가 포격으로 격파된 상황이었다. 우리 전차는 빠르게 측면으로 기동하였다. 우리는 소련 보병을 근처에서 보았지만 동축 기관총을 사용하지 않았다. 정확도가 너무 떨어졌기 때문이었다. 남은 전차들은 롤반을 두고 두 갈래로 찢어져 방어하기로 했고, 포병은 3시간 27분 뒤에 포격을 시작하기로 했다. 그 사이에 물밀듯 들어오는 소련군을 막아야 했다. 아군 보병들이 MP40과 MG42를 사격하자 많은 소련군이 죽어 나가기 시작했다. 문제는 전차와 박격포였다. 전차를 상대 하려면 대전차포가 다수 있어야 하는데, 그때 우리가 가지고 있었던 대전차 무기는 현저히 부족했다.

나는 중앙에 있던 롤반의 우측 갓길로 빠져서 기습을 시도하려고 했다. 그러나 기동을 하던 도중, 옆 건물에서 T-34 한 대가 갑자기 불쑥 튀어나왔다. 순간적으로 튀어나왔지만, 바로 포를 쏴 약점이었던 탄약저장 공간에 명중시켰다. 그 전차는 고폭탄을 장전시켰는지 매우 커다란 굉음을 내며 폭발했다. 그 때문에 우리 위치가 다 발각될 위험에 처했다. 우리는 어쩔 수 없이 다른 곳으로 이동할 수밖에 없었다.

기동을 계속하다 T-34 두 대가 모습을 드러냈다. 하나는 정면, 다른 하나는 나머지 하나와 거리가 근접해 있는 측면에서 모습을 드러냈다. 그중 한 대는 같은 소련군의 박격포탄을 맞고 그대로 격파당했다. 남은 한 대는 우리 전차가 바로 격파했다. 소련군의 공격이 계속되던 중, 전차 17대가 추가로 더 나타났다. 우리 전차는 7대를 격파하고 추가로 숨어있던 대전차포도 예광

탄으로 발견해 격파했다. 남은 전차 3대는 그대로 도
망을 쳤다. 하지만 도시 외곽에는 아직 많은 전차가 남
아있었다. 우리 전차가 외곽에 있던 적 전차를 추가로
식별하고 3대를 더 격파한 시점, 포격이 시작되었다.
아군의 곡사포는 그곳에 있던 모든 적 전차를 쓸어 버
리기에 충분했다. 그렇게 우리는 첫날의 하르코프 방
어에 성공했다.

　하르코프 방어에서 나는 우리 전차의 전투보고서를
보고했고 2개월 후, 상부에서 지시가 내려왔다.

호랑이

1942년 6월 3일, 하르코프 공방전이 끝난 지 일주일이 지났다. 나는 하르코프 방어전에 참가한 병사들 가운데 가장 우수한 실적을 보여주어 제 503중전차대대로 다시 배치받았다. 나는 그곳에서, 호랑이를 보았다.

티거 전차는 우리가 대전차용도로 사용하고 있는 88mm 대전차 주포를 전차에 탑재하고 있었으며, 도로에서 45 kph, 야지에서는 30 kph의 속력으로 달릴 수 있었다.

이 전차의 첫인상은 칙칙한 회색빛 장갑판과 각진 모서리로 인해 아름답다는 표현에서 거리가 멀어졌다. 승용차와 같은 조종 감각을 가진 이 전차는 크고 웅장한 기세로 인해 아름다움보다는 카리스마가 느껴지는 전차였다. 나는 이 전차의 별명이 왜 호랑이인지 잘 알 수 있을 것 같았다. 이 전차를 손으로 두드려 보면 진동이 느껴지지 않을 만큼 장갑이 두꺼웠다. 또한 덩치가 너무 커서 기존 4호 전차에 있었던 승무원보다 2명의 승무원을 더 필요로 했다. 나는 이 전차 첫 번째 장을 보고 놀랄 수밖에 없었다.

'칼 중위의 전차는 227발의 대전차 소총, 45-57mm 포 14발, 76.2mm 포 11발을 맞았음에도 60km를 더 자력 주행한 뒤, 생존했다.'

우리가 그 전차를 가지고 첫 훈련을 했을 때, 포신에서부터 울려 퍼지며 나오는 엄청난 굉음은 아군조차 무섭게 만들었다. 이 전차를 지급 받은 후 우리 대대는 매일매일 고된 훈련을 했다. 1943년까지.

쿠르스크

1943년 6월 22일, 503중전차대대의 대대장은 우리에게 치타델레 작전에 참여한다고 밝혔다. 우리는 그때 매우 당황했다. 왜냐하면 치타델레 작전은 쿠르스크에서 수행하는 것이었는데, 티거 전차는 매우 무거웠기에 수송을 하려면 별도의 수송 하차에 513mm의 수송궤도로 교체하는 등 인양이 일반적인 중형전차보다 더 복잡했기 때문이었다. 그 때문에 시간이 두 배 이상 더 걸렸다.

이후, 쿠르스크에 도착한 우리들은 바로 앞에 엄청난 평야가 있다는 사실을 알았다. 그리고 우리는 작전 개시일까지 계속해서 훈련과 작업과 같은, 평소에 하던 일들을 했다.

1943년 7월 5일 오전 5시 30분, 전 대대에 명령이 하달되었다. 우리는 전차에 시동을 걸었다. 마침내 전투가 시작됐다. 포병의 포격과 동시에 모든 전차와 병력이 총동원되어 소련군의 방어선을 돌파하기 시작했다. 앞에 선두에는 나와 다니엘, 그리고 다른 동료 3명이 더 있었다. 치타델레 작전의 시작과 동시에 소련군 참호와 벙커에는 포탄이 떨어지며 다수의 소련군 사상자가 발생했다. 독일군이 공격하는 것을 알아챈 소련군은 자신들의 전차를 전장에 내보냈다. 그때부터 아군 전차들이 소련군 전차를 상대하기 시작했다. 엄청난 평야에서 일어난 이 전투는 모든 전차와 인력이 두 갈래로 싸우며 한번도 경험하지 못한 전투를 경험하게 해주었다. 곳곳에서 전기톱의 살벌한 소리가 들렸다. 하늘에서는 사이렌 소리가 들리지만, 이제 적들이 슈투카의 사이렌만 들어도 겁에 질려 벌벌 떨며 이 불 속으로 들어가는 시절은 끝났다. 이제 슈투카는 대공화기로 어렵지 않게 격추시킬 수 있었다. 그때 우리 전차는 처음으로 KV-1을 목격했다. 하지만, 호랑이와 표범이 날뛰고 있는 한, 그들은 호랑이와 표범의 손쉬운 먹잇감에 불과했다. 우리 전차는 KV-1을 2대나 격파했다. 돌격포와 하프트랙 장갑차가 기동하는 모습도 보았다. 적들의 방어선에는 다수의 T-34도 보였다. 우리는 88mm 포로 그들을 쉽게 격파했다. 그런데 T-34를 격파한 직후였다. 포수가 나에게 말을 건넸다.

"차장님, 이것좀 보셔야하지 말입니다."

"무슨 일인가?"

포수는 조준경을 가리켰고, 나는 그곳을 통해 수백만 대의 적 전차가 우리 쪽으로 오는 것을 보았다.

"일단 가리지 말고 적 전차는 닥치는 대로 격파하도록!"

"예, 알겠습니다!"

어차피 T-34들은 죽기 살기로 1km까지 접근해서 무조건 측면을 노릴 수 밖에 없다.

우리 전차는 장전 속도가 조금 느렸지만 2km 밖의 목표물도 손쉽게 격파했다. 먼지를 일으키며, 우리는 힘차게 평야에서 계속 나아갔다.

'쾅'

기동 중 포를 한 발 발사했다. 그 포탄은 정확히 박혀서 T-34를 폭발시켰다. 우리의 앞으로 돌격포들이 진격하면서 T-34 두 대를 순식간에 격파시켰다.

"포 1발 장전!"

탄약수가 말했다. 목표물을 조준하고 그대로 발사시켰다. 항상 그랬듯이, 포탄은 정확히 전차에 박혔다. 사방에서 적 포병이 발사한 포탄이 박히고 드넓은 평야에 격파된 전차들이 만들어내는 검은 연기는 전쟁의 비참함을 제대로 보여줬다. 적 참호에선 총탄이 날아왔지만 상관없었다. 우리가 상대해야 하는 것은 대전차포와 적 전차였다. 조준경으로 3km 밖에 있는 적 전차를 발견하고 포를 발사했다. 나는 지금까지 2km

밖에 있는 적을 맞춰 본 적이 없었지만, 그 포탄은 명중했다. 그렇다고 아군이 계속 격파하기만 한 것은 아니었다. 932번 3호 전차는 대전차 지뢰를 맞고 격파되었고, 543번 4호 전차는 후진하던 중 전차 궤도가 불발탄을 밟고 전차의 연료통이 폭발했다. 또 843번 5호 전차는 대전차 저격총을 맞고 엔진이 파괴됐다. 포격으로 인한 전차 손실도 매우 많았다.

내가 평야에서 계속 작전을 수행하던 중, 옆에 있던 티거 전차가 연막탄을 잘못된 곳에 터뜨렸다. 그 때문에 우리는 몇분간 시야가 차단된 채 작전을 수행해야 했다. 연막이 걷히고 난 후, 좋은 일 하나와 나쁜 일 하나가 발생했다. 좋은 일은 시야가 확보됐다는 것이고, 나쁜 일은 우리 전차 바로 앞에 KV-1이 있었다는 사실을 모른 채 기동하다가 KV-1의 차체와 우리 전차가 부딪쳤다는 것이다. 다행히 포신은 멀쩡해서 재빨리 우리 앞에 있던 KV-1을 격파했다. 최종적으로 우리는 그 전투에서 전차 27대와 대전차포 42대를 격파시켰다. 그러나 위기가 찾아왔다. 전차 궤도에서 이상한 소리가 들려 잠시 시동을 끄고 궤도를 점검했다. 아무런 이상이 없었다. 나는 다시 전차에 탑승했다. 캐노피를 닫자마자 후방에서 '퉁' 하는 소리가 들렸다. 나는 뭔가 불안함을 느꼈다. 시동을 켜자, 엔진 온도가 갑자기 급상승했다. 냉각수가 새는 것을 보니, 우리 전차가 대전차 저격총에 맞아 라디에이터에 구멍이 난 듯했다. 우리는 피스톤이 굳어서 전차가 완전히 얼어붙기 전에 되도록이면 피스톤을 살리면서 후방으로 기동을 해야 했다. 다행히 우리는 아군의 엄호로 HQ의 정비소로 무사히 귀환할 수 있었다.

HQ로 귀환한 뒤, 라디에이터를 정비받는 동안, 공병 중대장이 나에게 찾아와 말했다.

"소련군 잔여 병력을 공격하는데 병력이 부족하다. 당장 남아있는 3호 전차라도 타고 아군과 공격을 개시하라!"

"안 됩니다. 3호 전차를 몰고 갔다간 KV-1에게 격파될 게 뻔한데, 그럼 아군 손실이 더 커집니다."

그러나 공병 중대장은 내 목숨은 중요하지 않다는 투로 내 말을 듣지 않았고, 긴 말싸움 끝에 공병 중대장은 나를 매도했다. 나는 바로 그곳을 빠져나왔다.

군인이 싫어하는 사람들

    우리 군인들은 국가에서 전선에 파견하는 정치 장교를 제일 싫어한다. 그것은 현재 우리와 맞서고 있는 소련군들도 마찬가지일 것이다. 그 이유는 정치 장교들은 실제 전선에 대해서는 전혀 모르면서 오로지 나치즘의 사상을 강요해 대는 앞뒤가 막힌 사람들이기 때문이다. 이들이 전선에 파견된다는 소식이 들려오면 우리는 드러내놓고 한숨을 쉬었지만, 실제로 이들이 파견되어 전선에 오면 속으로 한숨을 쉬었다. 우리 부대 내에 있는 사람들은 히틀러나 괴벨스가 생각하는 나치즘에 물든 광신도가 아니었다. 다른 이유로 입대한 사람들도 있었지만 우리들 대부분은 그저 조국과 가족을 지키기 위해 자원입대한 사람들이었고 나치즘에 충성하기 위해 입대한 사람은 없었다. 전쟁을 끔찍이 싫어하는 사람들이 있는가 하면 단순히 애국심으로 전쟁에 참여하는 사람들도 있었다. 그런 줄도 모르고 국가에서는 주기적으로 사람을 보내 사상을 정비하게 했다. 나는 단순히 심심해서 나치즘이 무엇인가 한번 들어보았는데, 이런 이념을 어떻게 국민들에게 주입하고 있는 것인지 충격이었다. 이런 상황 덕분에 지난번 생활관에서는 큰일이 한번 터진 적이 있었다. 점호를 마치고 저녁에 잘 준비를 하던 한 포수가 정치 장교에게 붙잡혔다. 장교는 나치즘 이념을 잘 새기고 있냐고 포수에게 끊임없이 물어보는 바람에 나치즘을 좋아하지 않았던 이 사람은 결국 이 정치 장교를 폭행했다. 결국 포수는 순식간에 헌병에게 잡혀 군사재판에 회부되었다. 재판정에 섰을 때는 동료 군인들이 정치 장교가 아닌 그 포수에게 더 유리한 증언을 했지만, 감형까지 이어지진 못했다. 결국 나치즘에게 충성하지 않는다는 이유로 그 포수는 1년 영창을 받았다. 이 사건 이후 우리 대대는 아직도 나치즘을 혐오하게 되었다. 지금 생각해보면 정치 장교야 이를 갈면서 그 포수를 증오할 만한 일이지만, 우리는 나치에 충성하는 광신도가 아니었기에 정치 장교가 폭행당했다는 것을 알았을 때 매우 행복했다.

동부의 몰락

나는 티거의 수리 때문에 잠시 후방에 머무르고 있었다. 수리가 끝나는 즉시 나는 벨고로트에 있는 다른 대대원과 함께 작전을 수행할 예정이었다. 그때 우리는 서서히 소련군에 의해 밀리고 있었다. 소련군은 1941년 여름에 우리가 비웃던 그 모습이 아니었다. 1941년 민스크에서 보였던 약해 빠진 모습의 소련군이 아니었다. 그러던 중 나에게 편지가 한 통 왔다. 공병 중대장으로부터 온 것이었다. 지난번의 일에 대해 자신이 경솔하고 부족했다는 사과의 편지였다.

내가 있는 곳은 벨고로트 근처에 세워진 독일군 HQ였는데, 알고 보니 내가 탑승하고 있던 티거에서 라디에이터뿐만 아니라 변속기와 다수의 차체 부품도 이상이 있었기 때문에 나는 쿠르스크에서 이곳으로 오게 되었다. 쿠르스크에서 꽤 멀리 떨어져 있지만 만일 쿠르스크에서 아군이 패배하면 이곳은 더이상 안전한 지역이 아니었다. 하루빨리 전차를 수리해야 했다. 매일 우리가 생활관에서 자고 있을 때면, 소련 폭격기들이 근방에서 소도시들을 폭격하는 소리가 들렸다. 그때마다 모든 생활관에는 비상벨이 울렸고 우리는 눈을 반쯤 뜬 채 MP40을 들고 전차에 탑승했다. 비상벨이 울릴 때마다 몇몇 당직사관은 자다가 황급히 벙커로 향하는 통로에 몸을 날리거나 엎드리는 등 소란이 일어났다.

얼마 후, 일이 터졌다. 평소대로 소련의 폭격기들은 우리 근방에 폭탄을 떨궜다. 비상벨이 울렸고, 우리는 놀라지도 않은 채 전차에 탑승했다. 생활관에서는 한 간부가 통로에 몸을 날렸다가 그만 갈비뼈 2개가 부러지고 말았다. 당시 군의관은 밖에 있었기 때문에 그 간부는 적절한 치료를 제대 받지 못했고, 간단한 치료로 고칠 수 있는 상처가 커져서 결국 후방의 적십자 병원으로 후송됐다. 소련 지형 특성상 딱히 소련군이 공격하지 않아도 차가 전복되는 일이 밥 먹듯이 있다 보니, 그 간부가 살아서 후방으로 갔을지는 알 수 없는 일이다. 우리는 이 일화에서 중요한 교훈을 얻었다. 군인이라면 도망가지 말아야 한다는 것이다.

지도자의 죽음

1891년의 어느 더운 여름날, 독일 바이에른의 작은 마을에서 위대한 사람이 태어났다. 몇백 명의 사람을 지도할 지도자의 이름은, 요한네스 페터였다. 그는 독일 육군 사관학교를 졸업하고 곧바로 독일 육군에 자원 입대하였으며, 여러 부대에서 지휘관으로서 매우 훌륭한 실적을 보여줘 현재는 제 503중전차대대의 대대장으로 군에서 근무하고 있다. 부대 내에서도 그는 카리스마와 함께 부대원들을 모두 소중히 여기며 부대원 모두가 그를 좋은 사람으로 인식하고 있는 참군인이었다.

1943년 7월, 내 티거 전차가 수리되고 소수의 우

리 대대원들은 아직 쿠르스크에서 싸우고 있었다. 나는 대대원들과 대대장 지휘 아래 벨고로트에 매복하는 작전에 참여했다. 그렇게 작전 개시일까지 1일, 매복을 시작했다. 나는 길옆 시가지에 숨어 티타임 각을 만들고 전차에 위장 막을 씌웠다. 동료 전차 2대는 각각 위장막을 씌워 지휘 전차 근처에 1대, 그리고 나와 같이 시가지에 1대가 숨어있었다. 나머지 동료 전차들은 수리받는 중이거나 혹시 모를 상황에 대비해 대기하고 있었다. 보병은 판처파우스트와 MG42를 가져와 내 옆 건물에 숨기 시작했으며, 대대장은 지휘용 티거에 탑승했다. 그렇게 매복을 했고 작전 개시일이 왔다. 예상대로 정찰병의 보고에 따라 소련군이 벨고로트로 향해 이동 중이라는 사실을 알았다. 잠시 후, 소련의 T-34가 모습을 드러냈다. T-34는 우리의 모습을 발견하지 못했다. 그때, 포탄이 날아가는 날카로운 소리와 함께 T-34가 격파되며 작전이 시작됐다. T-34는 전투 태세를 갖추었으나 아군도 만만치 않은 상대였다.

"전방에 T-34 조준!"

"포 1발 장전!"

"발사!"

내가 T-34를 격파하고 KV-1이 내 전차를 향해 조준을 했으나, 나는 그것을 알아채고도 별다른 조치를 취하지 않았다. 왜냐하면, 보병이 판처파우스트를 발사했기 때문이다. 그렇게 KV-1이 격파되고, 동료의 티거가 도망가는 T-34 2대를 순식간에 격파했다. 그렇게 작전이 성공하는 듯했으나, 나는 해치를 열고 주위를 살펴보다 대대장이 탑승해 있는 지휘 전차에 포탄이 날아와 도탄 되는 것을 보았다. 그리고 대대장에게 무전을 했다.

"대대장님, 대대장님 전차가 공격받았는데 현재 상황은 어떻습니까?"

"괜찮다. 자네 위치로 돌아가라."

그리고 동료 전차에게 무전이 왔다.

"곧 이곳에 도착할 소련군에 대비하라."

그의 말대로 소련군이 더 많이 오기 시작했다. 이번에는 보병과 대전차포까지 같이 온 것을 보니 확실히 우리를 전멸시키려는 계획인 것 같다. 하지만, 가만히 당하고만 있을 우리 대대가 아니었다. 이번에는 시가지에서 들려온 MG42의 발포음을 시작으로 길에 놓인 소련군 전차를 차례차례 격파하기 시작했다. 그렇게 전투를 이어가던 와중, 지휘 전차의 후방에 KV-1이 보였다. 황급히 무전기를 들었다.

"대대장님! 뒤에!"

재빨리 무전을 쳤지만, KV-1의 발사를 막기에는 너무 늦었다. 결국 KV-1은 포탄을 지휘 차량에 발사했고, 지휘 차량은 장갑이 관통되며 격파 되었다. 나는 그 지휘 전차에 생존자가 없으리라 생각했다. 하지만 내 예상을 깨고 전면부 해치에서 연기와 함께 사람이 나왔다. 그을림 때문에 처음에는 그를 못 알아봤지만, 그가 몇 걸음 움직이자, 나는 그를 알아볼 수 있었다. 그는 대대장 요한 페터였다. 나는 그에게 명령을 하달

받기 위해 그리고 의무병을 불러 그를 구출하기 위해 전차에서 MP40 한 정을 가지고 전차에서 내려 그에게 갔다. 총알이 빗발치고 시가지의 유리는 깨지고 있었다. 곳곳에 폭발이 일어나고 연기가 나고 있었다. 나는 그를 쫓아갔으나 그는 시가전이 한창인 공원에서 쓰러졌다. 공원에서는 소련군과 독일군 보병이 서로 전투를 이어가고 있었지만, 나는 결국 그곳으로 뛰어들었다. 제압용으로 발사한 MP40은 소련군의 시야를 막기에는 충분했다. 나는 공원에 뛰어들어 그의 상태를 확인하고 의무병을 불렀다. 상황이 조금 심각했다. 대대장은 온몸이 그을려 있었고, 이마에 피멍이 들어 있었다. 그리고 등과 허벅지, 가슴에 총상을 입었다.

"의무병! 거기 의무병 없나!"

급하게 소리치는 와중, 대대장이 나에게 말했다.

"중위, 이제 그만 후퇴하게……"

"……"

"예! 알겠습니다!"

나는 뜨거운 눈물 한 방울을 흘린 뒤, 의무병을 부르고 전차로 돌아와 무전기에 대고 말했다.

"대대장님 명령이다! 모두 HQ까지 후퇴하라!"

그렇게 명령을 전달하고 교전은 이어졌다. 1시간 뒤, 우린 HQ로 복귀했고, 대대장은 결국 세상을 떠났다. 한 명의 참군인이 사망한 것이다.

베를린

1945년 봄이 다가왔다. 그동안 제 503중전차대대는 서부 전선으로 이동했다. 우리는 쾨니히스 티거를 새로 지급받았다. 하지만, 호랑이는 노쇠하기 시작하여 언제 베를린에 도착할지 모르는 신세가 되었다. 적은 계속해서 베를린으로 오고 있었다. 그러나 절대로 항복하지 않을 것이다! 무슨일이 있어도! 항복하면 이 세상을 함께 끌고 갈 것이다!

몇 년간의 힘든 전투에서 살아남은 것은 나, 내 운전병 슈미트헬름, 다니엘, 그리고 그의 운전병이었다. 최소 3명이 있어야 운행이 가능한 전차가 티거 전차였는데, 상부에서 지원한 것은 고작 소년병 세 명이 전부

였다. 그중 우리 전차에 소년병 두 명이 탔다. 사상으로 무장해 조국을 위해서라면 어떤 것도 두렵지 않은 훈터, 그리고 강제 징집된 미첼. 소년병들을 지원받은 425번 쾨니히스티거의 전차장, 하인츠 슈테판에게도 상부의 지시가 떨어졌다. 그것은 베를린 근교에 있는 다리를 건너 라인강으로 들어오는 미군을 잠시 막아 주면, 지원 병력을 보내주겠다는 것이었다. 나는 다니엘과 함께 한 조로 내 쾨니히스 티거를 이끌고 다리를 건넜다. 다리를 건너기 전, 다니엘은 나에게 한마디 했다.

"꼭 살아서 보자!"

다리를 건너고 시가지에서 미군 전차 4대를 공격했다. 그러나 전차 4대가 끝이 아니었다. 잠시 후, 노래가 들렸다. 노래는 미군 육군가인 듯 했다. 나는 이 노래를 듣고 미군이 온다는 것을 알았다. 예상대로 최소 1개 대대에 달해 보이는 엄청난 수의 미군이 몰려오기 시작했다. 우선은 숨는 게 먼저였다. 나는 건물에 숨었다. 그런데 다니엘이 보이지 않았다. 통신도 제대로 이루어지지 않는 상황이었다. 숨어서 많은 수의 미군을 본 운전병은 승산이 없으니 당장 후퇴해야 한다고 주장했다. 그러나 결정권은 나에게 있었다.

'군인의 임무가 무엇인가. 주어진 임무를 충실히 수행하는 것이 군인의 임무 아닌가? 만약 군인이 자신의 목숨을 아낀다면, 어떻게 전쟁을 치를 수 있겠는가?'

나는 결국 후퇴하지 않기로 했다. 그러나 불행의 신은 끔찍하게도 우리 편이었다. 지도에 표시된 지역과 통로는 전부 미군에 의해 파괴된 지 오래였다. 결국 우리는 다른 통로가 있는지 알아보기 위해 누군가가 직접 나서야 했다. 위험한 임무였다. 운전병과 나는 전차를 움직이기 위해 없어서는 안 되는 존재였기 때문에 소년병 중 한 명을 보내야 했다. 결국, 최종적으로 미첼이 정찰병으로 나섰다. 조준경으로 미첼을 계속 주시했다. 그때 미군의 곡사포 포격으로 흙먼지가 일어났고 미첼이 시야에서 사라졌다. 절망스러웠다. 일단 그를 버리고 후퇴하기 시작했다, 전차는 반드시 살려야 했기 때문이다. 다행히 320번지를 지나자 다니엘이 나타났다. 전차를 잠시 멈추고 기계적으로 이상이 있는 부분을 수리했다. 점검이 끝나고 나는 다니엘과 함께 다시 기동을 시작했다. 후퇴하는 길에 본 도시는 비참했다. 모든 것이 파괴되어 있었다. 중간중간 있는 시체들과 버려진 장비들을 보며 내가 운이 좋은 건지 나쁜 건지 알 수가 없었다. 스피커를 통해 모든 민간인에게 좋은 대우를 해주는 히틀러 총통에게 충성한다는 소리가 도시 전체에 울려 퍼졌지만. 민간인들은 아직 남아있었다. 잿더미 위에 부모님을 잃고 슬퍼하며 부모님의 시체를 끌어안은 아이를 보며 나는 생각했다.

'내가 이곳에서 싸우는 것은 그들을 위한 것이 아니었나. 도대체 이 전쟁은 왜 일어난 것이며, 누구를 위한 것일까. 나는 무엇 때문에 이 전차를 타고 독일을

사수하고 있는 것인가.'

머릿속에 복잡한 심경을 떨쳐내지 못한 채, 나는 폐허 속에 처형된 뒤 나뒹굴고 있는 수많은 독일군 탈영병 병사들의 시체들을 보았다. 그리고 그곳에서 충격적인 광경을 봤다. 그렇게 찾던 미첼이 친위대에 의해 죽어 있었다.

'도대체 저 소년은 무엇을 위해 죽어야 했던 것일까.'

심경이 더 복잡해졌다. 그리고 마침내, 목표로 두었던 방어선 앞에 도착했다. 그러나 지원군은 없었다. 다니엘이 물었다.

"왜 아무도 없지? 지원군은 왜 오지 않는 거야? 방어군은 모두 어디로 간 거야??"

"..."

나는 아무 말도 하지 않았다.

"지휘관님, 도대체 뭐가 어떻게 되고 있는 겁니까?"

나도 알지 못했다. 나는 몇 년 동안 사령부의 명령을

받으며 언젠가는 이 전쟁이 끝나리라 믿었다. 그리고 이 광경을 본 운전병은 혼잣말로 중얼거렸다.

"이젠… 이젠 다 끝났어…"

운전병은 혼잣말로 중얼거렸다.

모두가 암울해하고 있었다.

"프랑스에서는 모두가 이 전쟁에서의 승리를 확신하더니, 결국은 우리 둘만 남게 되었네."

"빨리 후퇴하면 살아서 갈 수도 있어. 소문을 듣자하니 미군은 포로를 죽이진 않는다고 한다…"

희망이 사라져가고 있다는 것을 알았던 것일까. 이 희망없는 상황속에서 우리는 계속해서 희망을 이야기하고 있었다. 그때였다. 갑자기 스파크가 일어나고 전차가 흔들렸다. 소수의 미군과 마주친 것이었다. 나는 포를 응사했다. 그러나 포탑에 탄이 맞았다. 여기서 미군 전차가 포탑에 한발을 더 맞을 경우, 잘못하면 우리 전차는 격파될 수도 있었다. 그때 다니엘이 말했다.

"하인츠, 나는 이제 본부로 복귀하네. 잘있어…"

그리고 그대로 미군 쪽으로 돌격했다. 나는 무전기에 소리를 질렀다.

"안 돼, 다니엘!"

그러나 그의 전차는 그대로 격파당하고 격파당하기 전 그의 포 응사와 폭발로 미군은 전멸했다.

"다니엘! 안 돼!!"

나는 즉시 해치에서 나와 그의 전차로 갔다. 화염과 연기로 인해 전차 속에는 아무것도 보이지 않았다. 단지 기적적으로 전차에서 튀어나온 인식표가 하나 떨어져 있었다. '다니엘 슈미트.' 주체하지 못할 슬픔이 밀려왔지만 참았다. 나는 다리로 후퇴하기로 했다. 기동하며 잠시 무전기로 상부와 교신을 취했지만, 연락이 되지 않았다. 잠시 전차를 멈추고 밖으로 나와 밖의 상황을 정찰했다. 나도 알고 있었다. 내 조국은 이미 패배했다. 그때 갑자기 천지를 뒤흔드는 소리와 함께 전차들이 몰려오기 시작했다. 그들은 스피커에다 대고 이렇게 말했다.

"Lower your weapons! You are surrounded! You Can't win this fight!"

그때, 뒤에서는 또 다른 소리가 들렸다.

"독일을 지키기 위하여, 우리는 자랑스러운 조국 앞에 목숨 바치기 위해 왔다!"

그리고 티거에서 포가 발사됐다. 나는 연합군의 항복 권유를 듣고 잠시 생각에 빠졌지만, 훈터가 제멋대로 연합군의 전차를 향해 포를 쐈다. 애국심은 이상한 때에 제힘을 발휘했다.

결국 치열한 전투 끝에 연합군의 전차를 모두 격파시키고 다시 다리로 후퇴하기 시작했다. 그러나 다리에 도착했을 때는 다리가 이미 폭발해 있었다. 우리는 조국에 의해 버려진 것이었다. 그리고 운전병 슈미트 헬름은 격분하여 그 길로 그냥 전차에서 나갔다.

"…우리를 버렸어!"

"…"

"우리를 없는 것처럼 취급하고 죽게 만들었다고!"

"그래도 임무는 수행…"

"그게 뭔데? 뭐, 베를린 사수?!"

"…"

"우린 패배했어, 베를린은 사수할 수 없다고!"

'…'

'이제 모든 게 끝났어 하인츠. 모든 게'

그리고 저쪽으로 걸어가려고 하는 그때, 총알이 날아오는 날카로운 소리와 함께,

'탕-!'

다리 건너에 있는 미군 저격병이 운전병을 저격해 사살했다. 그 직후 미군이 우리에게 다가오기 시작했다. 그때 항복을 고민하던 내가 미군을 보고 있자 훈터가 나에게 소리쳤다.

"전차장님! 괴로우신 것은 알겠으나 절대 항복하면 안 됩니다!"

지금까지 나는 상부가 일으킨 전쟁을 해결하기 위

해 이용되는 인형 같은 존재였다고 생각했다. 언젠가는 전쟁이 끝나고 소파에 앉아 안락한 시간을 보낼 줄 알았다. 그러나 이 전쟁이 우리의 손에서 끝날 수 있다는 사실을 우리는 깨닫지 못하고 있었다. 또다시 달려오는 미군을 향해 MP40을 난사하던 훈터, 우리에게 미군은 소리쳤다.

"Just give up!"

나는 내 계급장을 떼어서 바닥에 놓고 하늘을 보며 혼잣말을 했다.

"하늘이 마치… 마치 검은 보석에 안개 같네…"

그리고 미군을 향해 양손을 천천히 들었다. 그것을 본 훈터가 소리쳤다.

"안 돼!!"

'타타탕-!'

끝

1969년 6월, 모두가 달 탐사로 들떠있었다. 한 노인이 자신의 집에서 나왔다. 걷다 보니 낙서가 가득한, 매우 큰 회색빛깔의 벽이 보였다. 10대들은 그곳에 스프레이로 낙서를 하고 있었다. 조금 더 가니 나오는 서베를린 시청이 보였다. 시청을 건너 2차 세계대전 위령비에 도달했다. 그곳에 앉아 있는데, 한 꼬마가 그 노인에게 다가왔다.

"할아버지, 할아버지는 여기에 왜 왔어요?"

"여긴, 내 친구가 잠들어 있는 곳이거든, 내 오랜 친구……"

"할아버지는 달 착륙 보러 안 가세요?"

"달 착륙이라… 이 세상에 달만큼 소중한게 내 친구였는데, 지금은 본부로 복귀했으려나…"

집에 돌아온 노인은 달 착륙의 장면을 보면서 무언가를 만지고 있다. 군대에 복무하던 시절, 전차 앞에서 자신의 가장 친한 친구와 찍은 사진, 그리고 이름이 적혀있는 인식표. 그 인식표에는 이 노인이 그렇게 말하는 친구의 이름이 적혀 있었다.

'다니엘 슈미트'

"… 산들바람이 상쾌하네…"

맑은 하늘 아래 위령비가 빛나고 있었다. 그 노인이 위령비 옆에 있는 포탄으로 파괴되어 아직도 수리받지 못한 건물을 보고 말한다.

"그러고 보니 우리 곁에는 항상 포화가 울렸지……"

제2차 세계대전 중에서는 약 7,000만 명이 사망했으며, 그중 약 4,000만 명 이상이 유럽에서 사망했다.

*챕터 베를린은 배틀필드V의 싱글플레이 미션 라스트 티거의 요소를 상당부분 참고하고 오마주했습니다.

단어 정리

롤반 - 군사 용어로 길을 뜻함

슈투카 - 2차 세계 대전 중 사용된 독일 국방군 급강하 폭격기

티거 - 독일 국방군의 6호 전투차량 6호

쾨니히스 티거 - 독일 국방군의 6호 전차 B형. 티거 2라고도 불림

38(t) 전차 - 독일 국방군이 다수 사용했던 체코제 전차

B1 bis - 프랑스군의 중전차

H35 - 프랑스군의 중형전차

S35 - 프랑스군의 중형전차

Kph - Kilometers Per Hour, 시속이라는 뜻

MP40 - MachinenPistole 40. 1940년에 개발된 독일 국방군 기관단총

MG42 - MaschinenGewehr 42. 1942년 개발된 독일 국방군 기관총

HQ - (군사본부) Head Quarters의 약자

작중 나오는 미군이 부르는 노래 - 현재도 미군이 사용하고 있는 군가

The army goes rolling along

* 이 책은 2차 세계대전중 수많은 전쟁 범죄를 저지른 추축국을 옹호하지 않습니다.

 **작가의 말**

　이 책을 읽는 모든 독자 여러분께 인사드리겠습니다. 안녕하세요. 저는 서울삼육중학교 1학년 조민교입니다. 여러분은 아마 작가 조민교라는 이름은 처음 들어 보셨을 겁니다. 그도 그럴 것이, 이 책은 제가 처음 써보는 소설이기 때문입니다. 처음인 만큼, 책에 등장하는 내용 중 고증 오류가 상당 부분 일어날 수 있고, 맞춤법 혹은 문법적인 오류가 발생할 수도 있고, 저자는 정치적으로 어떠한 성향도 지지하지 않으며, 책에 나오는 인물은 대부분 허구적 요소임을 알려드리겠습니다. 여러분은 혹시 제2차 세계대전하면, 어떤 단어가 떠오르시나요? 아마 '비참함' 일 것입니다. 제2차 세계대전은 정말 비참한 전쟁입니다. 바로 이전에 일

어난 전쟁인 제1차 세계대전과 비교해도 사망자만 40배가 넘기 때문입니다. 제가 이 말을 하는 이유는 다들 아시겠지만, 이 책의 내용은 제2차 세계대전 속 인물들을 그린 것이기 때문입니다. 그런데 많고 많은 주제 중에 제2차 세계대전을 다루고 싶었던 이유는, 제가 무기에 대해서 관심이 많은 것도 이유지만, 어느 날 제2차 세계대전에 관련된 영상을 보고 영감을 받아서 제2차 세계대전을 주제로 한번 소설을 써보고 싶다는 마음이 생겼습니다.

사실 이 책을 쓰기 전 다른 책을 쓰고 있었습니다. 그때는 인터넷의 도시 괴담인 SCP 재단을 모티브로 책을 쓰고 있었는데, 소재가 점점 고갈되어 가고, 이야기가 이상한 흐름을 타기 시작하니까, 결국 주제를 바꿔 제 삶과 관련된 책을 쓰고 있었습니다. 하지만, 중간에 제2차 세계대전을 배경으로 소설을 써 보고 싶다는 생각이 들었습니다. 그렇게 자료조사를 하고, 공글(공간을 만드는 글쓰기)에서 도움을 받으며 탄생한 책이 바로 이 책입니다.

제가 책을 쓰면서 바라는 점은, 여러분들 중에 혹시 제2차 세계대전에 대해 왜곡된 사실을 알고 계시거나, 제2차 세계대전에 대해 잘 모르시는 분이 있으시다면, 세세한 역사적인 정보가 아니라 딱 한 가지 문장만 배워 갔으면 좋겠습니다.

'제2차 세계대전은 정말 참혹한 전쟁이다.'

이 책을 쓰면서 자료를 많이 참고하긴 했지만, 고증 오류가 있을 수도 있고, 등장하는 인물 대부분은 가상의 인물들이니 이 책으로 역사를 배워 가려 하는 분이 있다면, 좋은 성적은 책임지지 않겠습니다. 그럼 여러분이 책을 재미있게 읽길 바라며, 이 책을 쓰는 데 큰 도움이 되어주신 공간을 만드는 글쓰기, 공글 선생님들과 함께 수업하며 제 글에 관심을 가져준 공글 친구들에게 감사인사를 전합니다.

2022년 가을. 조민교 마침

포화속 사람들

1판 1쇄 발행   2022. 09. 19

지 은 이   조민교
발 행 인   박윤희
발 행 처   방과후이곳
기   획   공글
편   집   성승제
그   림   김지영
표지디자인   디자인스튜디오이곳
내지디자인   디자인스튜디오이곳, 김지영
등   록   2018. 10. 8 신고번호 제 2018-000118호
주   소   서울 송파구 송파대로44길 9(송파동) 4층
팩   스   0504.062.2548

ISBN 979-11-979492-8-9 (43810)

방과후이곳
방과후이곳은 "도서출판이곳"의 임프린트 브랜드입니다.

홈페이지   www.bookndesign.com
이 메 일   bookndesign@daum.net
블 로 그   blog.naver.com/designit
유 튜 브   도서출판이곳
인스타그램   @book_n_design @after_school_book

이 도서의 국립중앙도서관 출판예정도서목록(CIP)은 서지정보유통지원시스템 홈페이지(http://seoji.nl.go.kr)와 국가자료종합목록시스템(http://www.nl.go.kr/kolisnet)에서 이용하실 수 있습니다.

포화속
사람들